Josef Zawodny

Der Hausgarten

Josef Zawodny

Der Hausgarten

ISBN/EAN: 9783743675834

Hergestellt in Europa, USA, Kanada, Australien, Japan

Cover: Foto ©Andreas Hilbeck / pixelio.de

Weitere Bücher finden Sie auf **www.hansebooks.com**

Der Hausgarten.

Von

Dr. J. Zawodny
Landwirtschaftslehrer.

Mit 40 Figuren im Texte und einer Tafel am Schlusse mit 35 Abbildungen (Schädlinge des Obst- und Weinbaues).

Wien 1899.

Im Verlage der „Güterbeamten-Zeitung, land- und forstwirtschaftliches Fachblatt". Wien, XVIII/1, Rieglergasse 10.

Druck von Johann N. Vernay.
Printed in Austria

Vorwort.

Die Auswahl des Stoffes für den „Hausgarten" erstreckt sich auf das ganze Gebiet des Obst-, Wein- und Gemüsebaues und der Blumenzucht und sucht dem vielseitigen Bedürfnis nach Ausdehnung derselben für die mannigfachsten örtlichen Verhältnisse unseres Vaterlandes Rechnung zu tragen. So wurde entgegen der Stoffauswahl in den meisten anderen derartigen Büchern auch die Erziehung und Pflege des Weinstockes und eine ausführliche Beschreibung der Schädlinge und deren Bekämpfung mit hineinbezogen.

Möge dieses Werkchen dem Hausgarten neue Liebhaber, Züchter und Pfleger zuführen.

Wien, im Herbst 1899.

Der Verfasser.

Inhaltsübersicht.

		Seite
I.	Anlage	5
II.	Düngung, Bodenbearbeitung und Aussaat	9
III.	Obstcultur und Weinbau	14
	1. Baumschule	14
	2. Rebschule	22
	3. Veredeln der Obstbäume und Reben	29
	4. Zwergobstbäume und Beerenobststräucher	37
IV.	Gemüsebau	47
V.	Blumenzucht	57
VI.	Nützliche Vögel des Hausgartens	62
VII.	Schäden und Schädlinge im Obst-, Wein- und Gemüsebau	63
	1. Im Obstbau	63
	2. Im Weinbau	83
	3. Im Gemüsebau	92

Ehe wir die Beschreibung der verschiedenen Culturen unserer Obstbäume, Gemüse, Blumen und Weinreben im Hausgarten bringen, wollen wir vorerst eine allgemeine Uebersicht über die Anlage, Bodenbearbeitung, Düngung und Aussaat des Gartenlandes geben.

I. Anlage.

Soll ein Hausgarten seinem Zweck entsprechen, dann muss er so eigerichtet und gepflegt sein, dass er mit dem Nützlichen das Schöne verbindet. Ein Hausgarten, der gut angelegt und gut gepflegt ist, bringt dem Besitzer besseren Gewinn und wird eine Quelle des edelsten Genusses und der Freude.

Bei Anlage eines Gartens ist darauf zu sehen, dass derselbe frei und sonnig liegt, ferner soll derselbe gegen Nord- und Ostwind geschützt sein. Nahrhafter, tiefer, dabei lockerer Gartenboden ist den Culturen am günstigsten, einige Arten sind allerdings auch mit geringerem Boden zufrieden.

Der Hausgarten erfordert einen aus Latten und Pfählen oder Mauerwerk, auch Hecken errichteten Zaun. Entlang des Zaunes können Spalierobstbäume angepflanzt werden. Ein sandiger Lehmboden ist allen anderen Bodenarten vorzuziehen. Die erste Bearbeitung des Bodens, besonders für die Heranzucht von Obstbäumen, erstreckt sich auf eine 60 Centimeter tiefe Auflockerung („Rigolen"), welche am besten im Herbste und Winter vorgenommen wird, damit durch den Frost und die atmosphärischen Niederschläge die nach oben gekommene rohe Erde lockerer, milder und somit geeigneter für die Obstbaumcultur wird. Das Rigolen wird in vor-

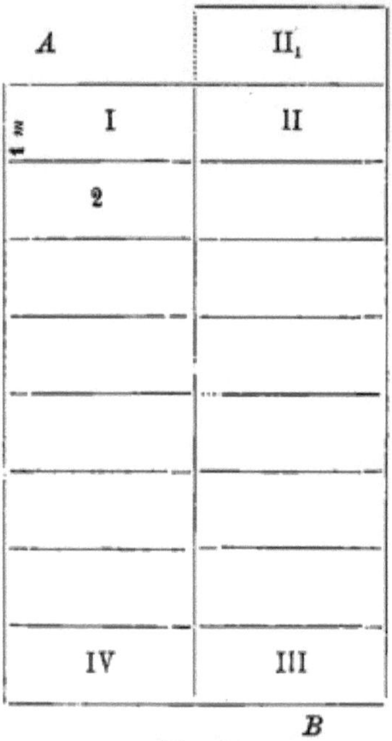

Fig. 1.

stehender, in Fig. 1 angedeuteter Weise ausgeführt. Theil A wird bei I angestochen, indem ein 1 Meter breiter und 60 Centimeter tiefer Graben ausgeworfen und die daraus gewonnene Erde nach II_1 gebracht wird. In derselben Weise wird der zweite Graben (2) ausgeworfen, und mit der Erde aus diesem der vorige Graben (I) gefüllt, und so fort bis zum Ende (IV).

Der zweite Theil B wird bei III angestochen, und die Erde wird aus dem ersten Graben (III) dieses Theiles in den letzten Graben des ersteren Theiles (IV) geworfen.

Die Vortheile des Rigolens sind folgende:

1. Es wird guter Boden nach unten gebracht, in dem die Pflanzenwurzeln Nahrung finden.

2. Der Boden wird durchwegs locker, Luft, Wärme und Feuchtigkeit können besser eindringen.

Das Rigolen auf 60 Centimeter Breite und 40 Centimeter Tiefe (Fig. 2) ist bei Gemüseland geeignet, für Bäume und Sträucher empfiehlt es sich, 70 bis 85 Centimeter tief zu rigolen. Es ist dabei zu beachten, dass besonders das Unkraut, Steine 2c. aus dem Lande kommen.

Der Hausgarten soll in Quartiere symetrisch eingetheilt in der Nähe eines Brunnens oder Bassins sein und unter Wechselwirtschaft angeführten Normen behandelt werden. Liegt der Hausgarten unmittelbar am Hause, so muss der Hauptweg von dem Eingange zum Hause ausgehen, und würde eine am Wohnhause errichtete Laube aus einem leichten Gerüst von Lattenwerk, mit kletternden Gewächsen bekleidet, einen angenehmen Afuenthalt den Hausbewohnern in den Feierstunden bieten. Ist der Garten durch den Hof vom Hause getrennt, so errichte man eine solche Laube entweder am Ende des Hauptweges oder an einem anderen hiezu geeigneten Platze. Von dem Hauptwege aus theilt man den Garten, wie es auch Jäger empfiehlt, in regelmäßige Vierecke und lässt rings um diese Quartiere schmälere Wege gehen. Um die Quartiere werden zu beiden Seiten des Haupt=, respective Querweges, und an der den Quartieren zugekehrten Seite der schmäleren Seitenwege Rabatten angelegt; da, wo sich die Haupt= und Querwege kreuzen, kann entweder durch Abrunden der Quartierecken ein etwas breiterer Platz, von dem aus der

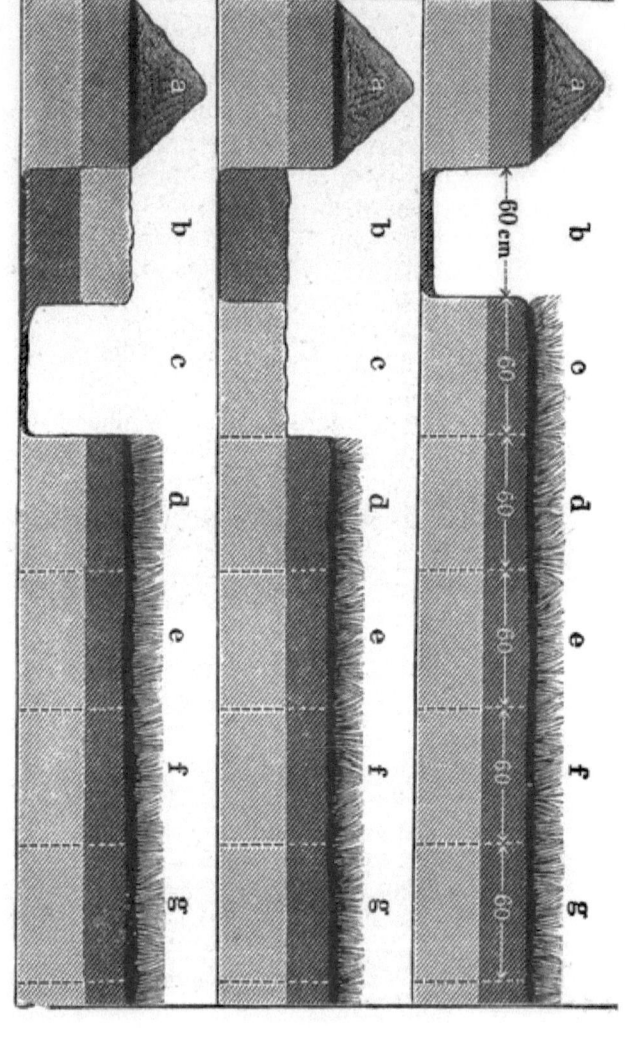

Fig. 2. Rigolen.

Garten leicht übersehen werden kann, oder durch Ausbuchten dieser Ecken Raum für ein Rundtheil erzielt werden.

Dieses Rundtheil und die Rabatten werden zur Blumenzucht, die Quartiere zur Gemüsezucht, Baumschule, die Endbeete, wenn Lage und Boden es gestatten, vortheilhaft für einzelne Obstbäume oder für Beerenobstanlagen und für den Weinbau benützt.

II. Düngung, Bodenbearbeitung und Aussaat.

Die Gewächse bedürfen zu ihrem Leben Nahrung, die sie zum größten Theil mit den Wurzeln dem Boden entnehmen. Manche Bodenarten enthalten von Natur aus eine größere Menge Nahrungsstoffe, manche andere deren viel weniger. Erstere werden einen Ersatz für die von den Pflanzen aufgenommenen Stoffe in geringerem Grade bedürfen als letztere. Ersatz kann dem Boden durch den Dung gegeben werden, der als gewöhnlicher Dünger mit Stroh vermischt oder in flüssiger Form oder als künstliche Erde (sogenannter Compost) in den Boden gebracht wird. Im allgemeinen läßt sich sagen, daß der Stallmist sämmtliche mineralische Stoffe enthält, welche zur Nahrung der Pflanzen dienen; seine organischen Bestandtheile wirken erwärmend, humusbildend und den Boden lockernd. Der gewöhnlichste und beste Dünger, besonders für den Gemüsegarten, ist der Rindviehmist. Einen sehr starken Dünger liefern die menschlichen Excremente in flüssiger und fester Form; man mischt sie am besten mit Erde oder bringt sie auf den Komposthaufen. Pferdedünger wirkt erwärmend, eignet sich somit für kalten, nassen Boden, Rind- und Schweinviehdünger wirkt kühlend. Unter den Excrementen des Geflügels sind die von Tauben und Hühnern am kräftigsten, man löst diese am besten in Wasser auf und verwendet sie in flüssiger Form. Für Spargel und Blumenkohl als Dung-

guss, d. h. in Wasser aufgelöst, verabreicht, ist der Taubendünger ganz vortrefflich. Gänse= und Enten=
dünger haben geringeren Wert.

Will man thierischen Dünger ins Land unterbringen, so muss darauf geachtet werden, dies auf möglichst ra=
tionelle Weise zu thun, da bei schlechtem Unterbringen oft sehr viel vom Nährwerte verloren geht. Man ver=
fährt in der Regel so, dass man auf das zu düngende Land, bevor man zu graben anfängt, den Dünger gleich=
mäßig ausbreitet, und zwar so, dass auf den Quadrat= meter ungefähr 5 Kilogramm desselben kommen. Beim
nun beginnenden Graben ist darauf zu achten, daß der Dünger nicht am Grunde des jeweilig ausgehobenen
Grabens in Klumpen zu liegen kommt, sondern schräg zwischen die Erdschichten vertheilt wird. Ein Fehler ist
auch zu seichtes Unterbringen. Die Pflanzen sollen den= selben mit ihren Wurzeln zwar erreichen können, aber
nicht darin stehen, da sie sonst beim heißen sonnigen Wetter leicht verbrennen. Oben erwähnte Dungstoffe
werden auch, im Wasser aufgelöst, den Pflanzen als Düngerguss verabreicht, doch verwendet man zu diesem
Zwecke auch sehr vortheilhaft verdünnte Mistjauche. Solche flüssige Düngung ist namentlich für sämmtliche
Kohlarten, Gurken, Kürbisse, Rüben, Sellerie 2c. sehr vortheilhaft.

Der Kunstdünger bewirkt eine reichlichere Ernährung der Pflanzen, vermehrt aber den Humusgehalt des
Bodens nicht. Man unterscheidet hier:

1. Stickstoffhältige, zur Beförderung des Wachsthums.
2. Kalihältige, zur Kräftigung der Pflanzen.
3. Phosphorsäurehältige, zur Vermehrung der Frucht= barkeit und des Wohlgeschmackes bei Gemüsen.
4. Kalk als bodenaufschließendes Mittel für feuchten, dumpfen, verjauchten oder überdüngten Boden.

Die Anwendung des Kunstdüngers erfordert eine genaue Kenntnis des Gehaltes der einzelnen Arten. Es empfiehlt sich, die als Nährsalze in den Handel kommenden, praktisch ausgeprobten Mischungen zu beziehen, doch kann hiebei nicht genug vor dem Ankauf minderwertigen Materials gewarnt werden. Die künstlichen Dünger werden auf das Land dünn ausgestreut und leicht untergehackt, doch soll man darauf achten, keinen Dünger auf die Pflanzen zu bringen.

Durch die verschiedenartigen Gemüse, Obstbäume, Blumen 2c. werden dem Boden ganz bedeutende Mengen Nährstoffe entzogen. Es ist absolut nothwendig, den Verlust zu ersetzen. Dies geschieht durch zweckmäßige Aufeinanderfolge der Culturgewächse. Man theilt den Garten, wie oben erwähnt, in mehrere Quartiere. Einen Theil vom Gemüseland reservirt man für mehrjährige Gemüse, Rhabarber, Meerkohl, Estragon 2c. Dieses Quartier muß jedes Jahr gut gedüngt und bearbeitet werden. Die übrigen Quartiere des Gemüselandes richtet man für eine planmäßige Fruchtfolge ein. Eines nach dem andern wird regelmäßig alle 3 bis 4 Jahre gedüngt, und zwar pflanzt man im ersten Jahre auf das frisch gedüngte Land zehrende Gewächse, wie Kraut, Kohl, Sellerie 2c. Im zweiten Jahre pflanzt man die mäßig zehrenden, wie Möhren, Petersilienwurzeln, Zwiebeln, Küchenkräuter 2c., im dritten Jahre die genügsamen, wie Hülsenfrüchte 2c.

Für frühe Aussaaten, sowie zur Treiberei von frühen Gemüsen braucht man ein Mistbeet (Fig. 3), welches in recht sonniger, gut geschützter Lage gelegen sein muß. Man benützt auch für die frühen und zarten Sämereien in Ermanglung eines Mistbeetes Töpfe oder Samenschalen, in welchen die kleinen Sämlinge herangezogen werden. Die Aussaaten im freien Lande werden reihenweise, zumeist im Frühjahr und Sommer, einige im Herbst ausgeführt. Die Tiefe der Saatreihen, Rillen, und ihre Entfernung untereinander richten sich nach der Größe des Samens, nach der Größe, welche die Säm-

linge bei ihrer vollkommenen Ausbildung erreichen, und
darnach, ob diese vom Saatbeet auf andere Beete ver=
pflanzt werden oder nicht. Man wähle dazu den besten
und lockersten Boden. Die Pflege der Saaten richtet
sich nach der Bodenbeschaffenheit und Witterung; je
leichter der Boden, umsomehr wird Wasser nöthig sein,
und je länger ein schwerer Boden die Feuchtigkeit be=
hält, um so seltener wird man gießen müssen. Sind

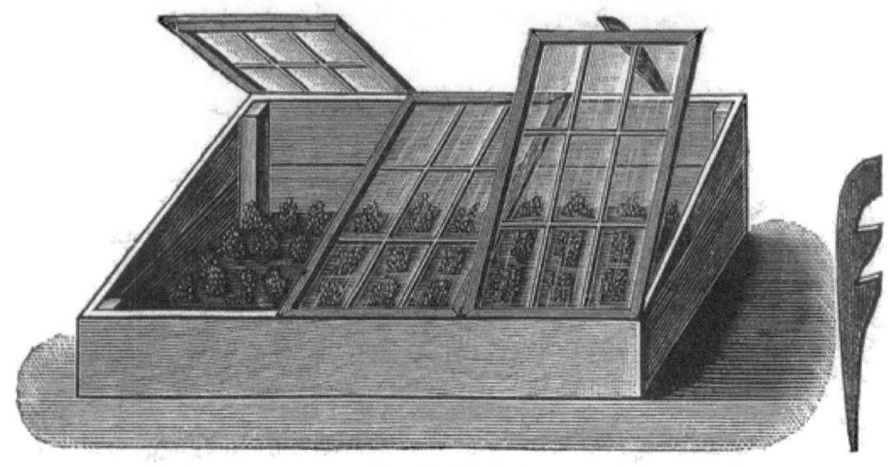

Fig. 3. Mistbeet.

kalte Nächte, so gieße man früh, bei warmen Nächten
am Abend. Gegen Frost bedecke man die Saaten mit
Tannenzweigen. Oft müssen Saaten gelichtet werden;
man nehme dies vor, wenn der Boden locker ist, und
gieße dann sanft die stehen gebliebenen Pflanzen, damit
sich die aufgelockerte Erde wieder an die Wurzeln der=
selben anschließt. Beim Pflanzen ist darauf zu achten,
daß die kleinen Sämlinge möglichst mit Wurzelballen
versetzt werden. Man macht mit dem Pflanz= oder Setz=
holz ein genügend großes Loch, steckt die Wurzeln vor=

sichtig nach unten gerichtet hinein und drückt mit dem Pflanzholz, welches man etwas neben dem Loche in die Erde steckt, fest an die Wurzel. Das entstandene Loch verstreicht man und gießt die Pflanzen an.

Das Verpflanzen der Sämlinge geschieht reihenweise und in den Reihen im Verband, so dass eine Pflanze der zweiten Reihe genau zwischen zwei in der ersten Reihe zu stehen kommt. Warmes, regnerisches Wetter begünstigt in hohem Grade das Anwachsen der neu verpflanzten Sämlinge. Lässt sich dieses nicht abwarten, so wähle man die Abendzeit und im zeitigen Frühjahr die Morgenstunden. Nach dem Pflanzen müssen die Beete feucht, möglichst locker und vom Unkraut rein gehalten werden.

Eine Einfassung dürfte nur bei den sogenannten Rabatten nöthig sein. Das Aussehen des Gartens gewinnt durch eine Abgrenzung dieser Beete von den Wegen. Jäger empfiehlt hiezu Ziegel, gleichmäßig große Feldsteine oder Schlackenstücke, Erdbeeren, Ananaserdbeeren, Salbei, Thymian und Buchsbaum.

Für das Gedeihen der Pflanzen ist die Auflockerung und Reinhaltung des Bodens von Unkraut nothwendig; durch ersteres können alle atmosphärischen Niederschläge, ferner Luft und Wärme, umso besser zu den Wurzeln gelangen und deren größere Thätigkeit bewirken; die Vertilgung des Unkrautes verhindert, dass durch dasselbe Nahrungsstoffe dem Boden entzogen werden. Für gelegentliche flüssige Düngung ist Sorge zu tragen. Die Auflockerung geschieht mit Spaten und Hacke. Das Unkraut muss vor seiner Blüte mit den Wurzeln entfernt werden, namentlich solche Unkräuter mit kriechendem Wurzelstock. Es sei auch auf die Zubereitung der Composterde hingewiesen, welche, gut durchlockert, zur Cultur vieler Pflanzen unentbehrlich ist.

Mit Rücksicht auf den mannigfachen Zweck des Gartens werden in ihm nützliche und zierende Gewächse vorkommen, Obstbäume, Weinreben, Gemüse und Blumen. Schätzen wir auch alle gleichmäßig, so mögen die ersteren doch hier den Anfang machen.

III. Obstcultur und Weinbau.
1. Baumschule.

Die Baumschule des Hausgartens soll je nach der Größe in verschiedene geradlinig begrenzte Abtheilungen eingetheilt werden; man unterscheidet die Saat-, Pikier- und Edelschule. Die Saatschule ist in 1·20 Meter breite Beete abzutheilen. Den Samen säet man in 20 Centimeter von einander entfernte Reihen so, dass derselbe 6 bis 8 Centimeter mit Erde bedeckt ist. Je größer der Same, desto stärker muss er bedeckt werden, aber um so dünner die Saat sein. Weil über Winter die Samenkerne leicht bis an die Oberfläche der Erde gehoben werden können und dann leicht verderben, säet man alle Samen im Herbst etwas tiefer als im Frühjahr. Auf nassem Boden oder wenn Mäusefraß zu befürchten wäre, würde die Herbstsaat überhaupt nicht zu empfehlen sein. Der im Herbst nicht gesäete Same wird über Winter in nicht zu feuchten, reinen Sand aufbewahrt. Kernobstsame kann in günstigen Bodenverhältnissen zu beiden Jahreszeiten gesäet werden (Mitte October bis Mitte November und Februar bis April); Steinobstsamen säet man, wenn irgend möglich, im Herbst; im Frühjahr gesäet bleibt derselbe ein Jahr liegen. Beim Reinigen des Samens von etwa anhängendem Fleisch darf derselbe nicht starker Sonnenwärme ausgesetzt werden. Die im Wald häufig vorkommenden Holzäpfel und Holzbirnen geben nach Gaucher den besten Samen und auch die kräftigsten Wildlinge, bei den Kirschen nimmt man den Samen der gemeinen Vogelkirsche und der bereits veredelten Spielarten der Süß- und Sauerkirschen, bei Pflaumen können die Kerne der Hauspflaume und der Kirschpflaume (Myrobalane, türkische Pflaume) verwendet werden. Guter keimfähiger Same muss im Innern weiß sein und einen guten Geschmack haben.

Sind die Sämlinge sehr dicht aufgegangen, haben sie jedoch noch nicht die erforderliche Stärke erreicht, um in die Edelschule verpflanzt werden zu können, so werden sie auf andere Beete so gepflanzt, dass jeder Pflänzling vom andern circa 15 Centimeter in den 20 Centimeter von einander entfernten Reihen zu stehen kommt. Die Breite der Beete ist gleich der bei Saatbeeten. Hierbei werden die Wildlinge durchschnittlich an ihrem Trieb bis auf circa 15 Centimeter zurückgeschnitten und im gleichen Verhältnis die Wurzel („Pikieren"). Mit einem gewöhnlichen Pflanzholz lässt sich das Pikieren leicht ausführen. Die Pflege der pikierten Wildlinge ist die gleiche wie die der Saaten. In der Pikierschule bleiben die Wildlinge, bis ihr Haupttrieb wenigstens die Stärke eines Bleistiftes hat, vielleicht 1 bis 2 Jahre, dann sind sie tauglich, um in die Edelschule gepflanzt zu werden. In besonders guten Bodenverhältnissen erreichen nicht selten einjährige Wildlinge die nöthige Stärke und brauchen dann nicht pikiert zu werden. Die Pflanzung der Wildlinge in der Edelschule geschieht in 70 Centimeter voneinander entfernten Reihen und in diesen 40 bis 50 Centimeter voneinander im Frühjahr oder Herbst. Sollte das Frühjahr schon sehr vorgerückt sein und bereits trockene, warme Witterung herrschen, so taucht man vor dem Pflanzen die Wurzeln der Wildlinge in einen Brei aus Erde und Wasser. Vor dem Pflanzen werden mit Stäben die Pflanzenreihen bestimmt, in diesen wird eine Schnur gezogen, an diese eine lange gerade Latte gelegt und auf dem Boden befestigt; an dieser Latte sind durch Einschnitte die Entfernungen je eines Wildlings vom anderen angegeben. Auf diese Weise kommen sie genau in der Reihe zu stehen; oft geschieht auch die Pflanzung im Verband. Vor dem

Pflanzen schneidet man den Trieb des Wildlings auf ungefähr 20 Centimeter und in gleichem Verhältnis die Wurzel zurück; je stärker der obere Trieb und die Wurzel, um so weniger ist beim Schnitt zu entfernen, und umgekehrt.

Im allgemeinen müssen die Bäume einen geraden, genügend starken Stamm haben. Angenommen, es seien Kernobst- und Pflaumenwildlinge im Frühjahr gepflanzt worden, so kann im günstigsten Fall die Veredlung derselben durch Oculation in demselben Sommer vorgenommen werden, und wenn dies nicht möglich, im nächsten Frühjahr durch Reiserveredlung. Für das Gelingen der Oculation ist das gute Lösen der Rinde vom Holz nothwendig. Häufig setzt man zwei Augen ein. Am Wildling sucht man sich die glatteste Stelle aus, ungefähr 3 bis 5 cm über dem Boden. Die Schnittfläche des Edelauges ist nicht zu berühren, am wenigsten aber mit dem Erdboden in Berührung zu bringen. Zunächst schneidet man das Auge mit etwas Holz aus und macht hierauf im Wildling den T-Schnitt. Das Auge behält den Blattstiel, um es an diesem anfassen zu können. Zum Verbinden nimmt man Bast. Beim Oculieren bleibt der Wildling bis auf das Entfernen der im Wege stehenden Nebenzweige unbeschnitten, nur sehr üppige und lange Triebe desselben kürzt man etwas ein. Nach einiger Zeit wird das Band einschneiden und muss nun gelöst werden. Im März des nächsten Jahres werden die eingesetzten Augen untersucht, und es wird bei allen gut gebliebenen nunmehr der Wildling 15 cm über dem eingesetzten Auge abgeschnitten; ist das Auge todt, so bleibt der Wildling zur Nachveredlung unbeschnitten. Der Trieb aus dem eingesetzten Auge wird bei einer Länge von 10 bis 15 cm mit Bast an den Zapfen ein- bis zweimal angebunden, um ihm eine gerade Richtung zu geben und ihn vor dem Abbrechen zu schützen, gleichzeitig werden alle wilden Triebe entfernt. Das edle Auge treibt aus und bildet häufig schon im ersten Jahre Seitentriebe, welche zu Gunsten des Haupttriebes bei einer Länge von 20 cm entspitzt werden. Im August ist der Haupttrieb so stark, dass der Zapfen unmittelbar über dem eingesetzten Auge durch einen schrägen Schnitt entfernt werden kann. Im nächsten Frühjahr wird (nach Gaucher) der Haupttrieb nicht zurückgeschnitten. Der dem Haupttrieb zunächst stehende Trieb (Afterleitzweig) wird gleichzeitig mit dem Anbinden des Triebes an den Zapfen zu Gunsten des Haupttriebes gänzlich entfernt. Alle anderen Nebenzweige werden entspitzt. Sollten sich im ersten Jahre schon Nebenzweige gebildet haben, so werden diese beim Schneiden im zweiten Frühjahr auf 2 bis 3 Augen zurückgeschnitten. Die ältesten Nebenzweige werden im Laufe des Sommers mit einem glatten Schnitt durch den Astring, d. h. durch die Basis des Zweiges, entfernt und die jüngsten stets entspitzt. Diese Behandlung wird fortgesetzt, bis der Haupttrieb die Kronenhöhe (2 m) und genügende Stärke erreicht hat. Nunmehr schneidet man den Haupttrieb in dieser Höhe ab, die letzten 5 bis 6 Augen geben die ersten Kronenzweige, alle anderen Nebenzweige werden im Laufe desselben Sommers ganz entfernt. Sind die Haupttriebe sehr stark, von gedrungenem, geradem Wuchse, und namentlich die Endknospen stark und über Winter gesund geblieben, so kann das Zurückschneiden ganz unterbleiben. Wird die Veredlung nicht durch Oculiren, sondern durch Reisercopulation ausgeführt, so muss dem Haupttrieb im ersten Jahr ein Stäbchen beigegeben werden, da hier ein Zapfen fehlt. Im übrigen ist die Behandlung dieselbe. Die Verstärkungstriebe schneidet man durchschnittlich früher fort, um dem Baume nicht große Wunden zufügen zu müssen. Sehr schwach wachsende Apfel=, Birnen= oder Pflaumensorten veredelt man bei der Erziehung von Hoch= und Halbhochstämmen vorteilhafter in der Kronenhöhe einer stark wachsenden Sorte.

Die Erziehung des Kirschbaumes zu Hoch- und Halbhochstämmen weicht von der des Kernobstes darin ab, daß die Oculations- oder Copulationsveredlung nicht unmittelbar über dem Boden, sondern in der Kronenhöhe geschieht, und zwar durch Copulieren und Anschäften. Der wilde Süßkirschsämling gibt einen geraderen Stamm als der Trieb einer edlen Spielart.

Will man von Äpfeln, Birnen und Pflaumen nur Halbhochstämme erziehen, so wird der Mitteltrieb in einer geringeren Höhe auf die Krone geschnitten, und bei Kirschen das Reis in geringerer Höhe aufgesetzt.

Neben Hoch- und Halbhochstämmen erzieht man auch Zwergbäume, und es sei auch hierüber das Nöthigste angegeben. Als Unterlagen für Zwergbäume eignen sich: für Aepfel der Johannis- und Paradiesapfel und der Splittapfel; für Birnen die Quitte; für Kirschen und Weichseln die Mahalebkirsche; für Pflaumen die Haferpflaume, die gelbe Mirabelle und die Schlehe; für Pfirsiche und Aprikosen die Kirschpflaume und der Mandelbaum; für Johannis- und Stachelbeeren Ribes aureum. Die hiebei in Anwendung kommenden Veredlungsmethoden sind dieselben. Zur Erziehung der Pyramiden (s. Fig. 4) würde man nach Baltet den einjährigen edlen Trieb auf die Hälfte zurückschneiden, damit alle Augen am stehengebliebenen Theil austreiben. Bei der Erziehung der Kirschpyramiden würde die Veredlung (Oculation) nahe am Boden auf die Weichselkirsche geschehen müssen. Die Nebentriebe werden nicht entspitzt, sondern man läßt sie frei wachsen, sie bilden die ersten Aeste, die Grundlage der Pyramide.

Zur Erziehung von Kernobst- und Steinobstspalieren (siehe Fig. 5 und 6) wird man von den sich entwickelnden Seitentrieben zwei passend stehende („Etagen") rechts und links, möglichst gegenüber in einer Höhe von 30 bis 50 cm über dem Boden, durch Stäbe in eine schräge Richtung (ca. 45°) bringen und einen

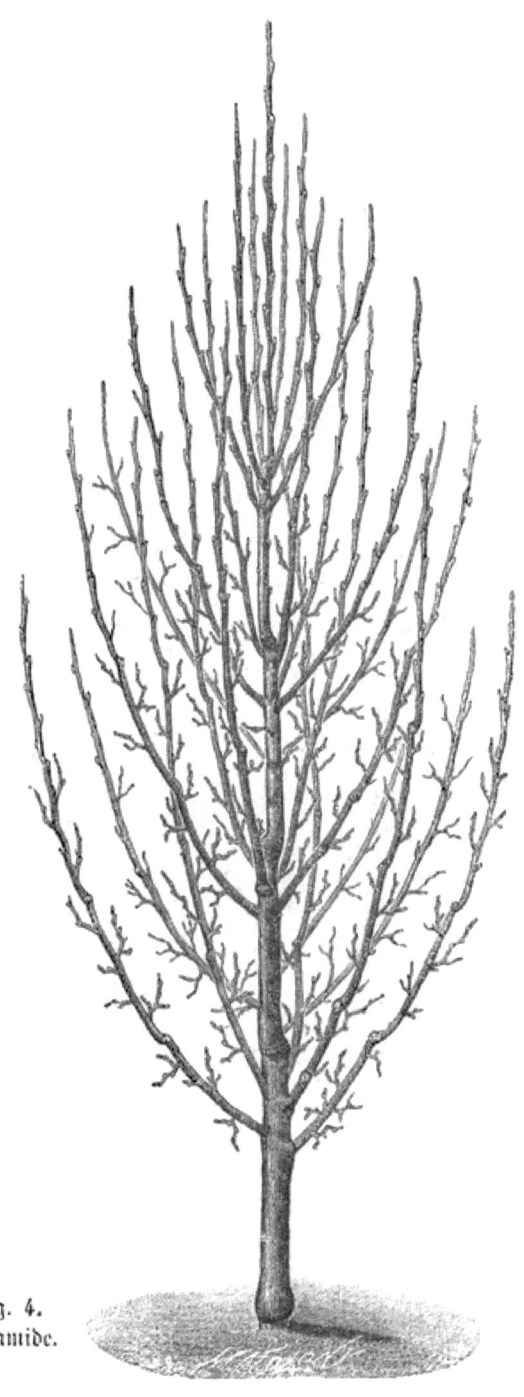

Fig. 4.
Pyramide.

dritten Trieb über diesen beiden als Mittelstamm in senkrechter Richtung anbinden. Alle übrigen werden ent=

Fig. 5. Einfache Palmette mit schrägen Aesten.

spitzt. Alljährlich erzieht man ein paar Etagen, 35 bis 40 cm von einander entfernt. Im nächsten Frühjahr

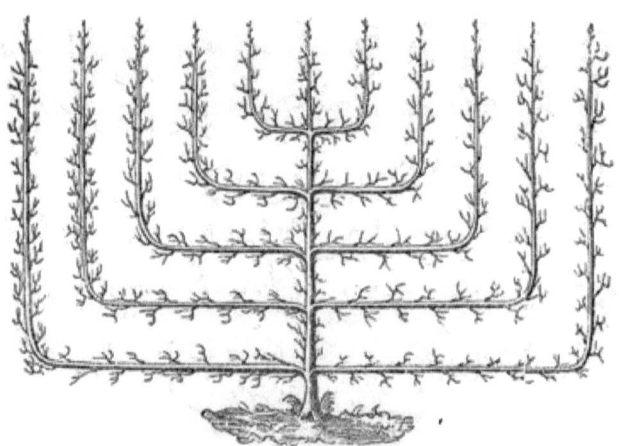

Fig. 6. Verrier=Palmette.

schneidet man den Mittelstamm so, daß aus dem letzten Auge die Verlängerung desselben und aus den beiden nächsten Augen das neue Etagenpaar gebildet wird. Die erften Etagen schneidet man auf ⅓ ihrer Länge, auf nach oben stehende Augen, zurück. Diese letzten Augen geben hier die neuen Verlängerungszweige, die wiederum in gleich schräger Richtung angebunden werden.

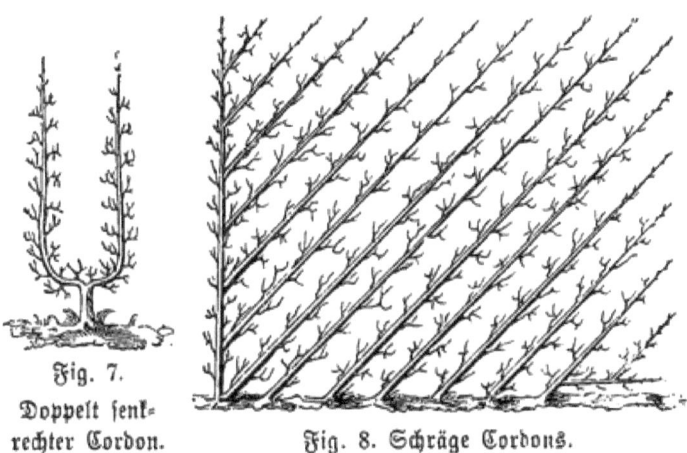

Fig. 7. Doppelt senkrechter Cordon.

Fig. 8. Schräge Cordons.

Zur Erziehung von Cordons von Aepfeln und Birnen biegt man den einjährigen Haupttrieb, nachdem derselbe Ende Juli eine Länge von 60 cm erreicht hat, in einer Höhe von 40 cm wagrecht um und entspitzt

Fig. 9. Einarmige wagrechte Cordons.

auch hier alle etwa vorhandenen Nebentriebe (s. Fig. 7 bis 10). Sollte der einjährige Stammtrieb zu dieser Zeit noch sehr schwach sein, so bleibt derselbe in seiner natürlichen Richtung und wird das nächste Jahr in wagrechte Richtung gebracht. Alle übrigen Triebe unter diesen werden ent=

fernt. Alle sich etwa bildenden Seitentriebe werden auch hier bei einer Länge von 20 cm entspitzt. Das Anbinden der jungen Triebe an die Zapfen bald nach dem Austreiben der Augen und das Entfernen der Zapfen geschieht so, wie früher bereits angegeben wurde. So oft sich wilde Triebe an bereits veredelten Bäumen zeigen, werden diese entfernt.

Stachelbeeren und Johannisbeeren werden durch Theilung der Sträucher im Frühjahr oder Herbst, ferner durch Absenker, sowie durch 25 cm lange Stecklinge von einjährigem Holz, welche im Herbst oder Frühjahr in etwas schräger Richtung in die Erde bis zum obersten Ende gesteckt werden, vermehrt. Nach ein

Fig. 10. Zweiarmige wagrechte Cordons.

bis zwei Jahren sind die Absenker so stark bewurzelt, daß sie von der Mutterpflanze getrennt werden können, und ebenso haben die Stecklinge dann ein zum Verpflanzen geeignetes Wurzelvermögen erhalten. Himbeeren vermehrt man durch Ausläufer.

2. Rebschule.

Die Weiterführung unserer Weincultur ermöglichen nur die widerstandsfähigen amerikanischen Reben, veredelt mit unseren edlen europäischen Rebsorten. Die Erfolge der neuen Weincultur mit amerikanischen Unterlagen sind bereits sehr groß, und wir müssen unser volles Vertrauen denselben widmen. Von den vielen amerikanischen Rebsorten eignen sich, mit Rücksicht auf unsere Klima= und Bodenverhältnisse, als Unterlagen für unseren Rebsatz, folgende Sorten:

Fluss- oder wohlriechende Rebe von der Domäne Portalis. (Riparia portalis).

Sie hat kräftigen, aufrechten Wuchs, lange dicke Triebe, ist purpurfärbig. Ranken lang, zweigablige Blätter gross, dreilappig. Seitenbuchten wenig ausgebildet. Stielbucht tief „U"-förmig, oberseits tiefgrün, glatt, unterseits mehr blassgrün, die Haupt- und Seitenadern etwas behaart. Blattstiel lang, stark, purpurfärbig, Bezahnung wenig tief. Sie wächst als Schnittholz sehr leicht an und eignet sich für eisenhaltige, kiesige, lehmige, tiefgründige Böden. Strenger Kalk, Lehm, Mergel sind ihre Todfeinde.

Rothsaftige Zanisrebe. (Vitis Solonis.)

Sie ist der Flussrebe ähnlich. Ihr Laub ist weisslich, in der Jugend mit feinem wolligen Ueberzug bedeckt. Das Holz ist lichtgelb, graulich. Sie eignet sich für feuchte, nährstoffreiche und mehr kalkreiche und salzige Bodenarten sehr gut. Ihre Schnittreben wachsen schwer an, doch bewurzelt verwächst sie leicht mit dem Edelreis.

Busch- oder Sandrebe von Richter. (Rupestris monticola R.)

Sie hat einen mittelstarken, weniger rankenden Wuchs, die Rinde ist fein gestreift, das einjährige Holz ist lang; Internodien mittelgross, mahagonibraun, Knoten plattgedrückt mit weisslichen Wollhaaren; die Ranken kurz, dunkelbraun; die Blätter sind klein, ganzrandig, auch dreilappig, oft in Spitze endend, Zähne kurz, Oberseite der Blätter glänzend dunkelgrün- auf der Unterseite hellgrünglänzend; Blattstiel kurz, dünn und purpurviolett. Sie bewurzelt sich als Schnittrebe sehr leicht und gut, nimmt die Edelreiser gut an und ist sehr dauerhaft. Die Sandrebe eignet sich für sehr trockene, hoch gelegene kalk- und kreidereiche Weinlagen.

In der richtigen Sortenwahl der Unterlage fußt der Erfolg, dem unbedingt eine sehr gute Bearbeitung des Bodens vorangehen muss. Das Rigolen auf 60 cm in der Rebschule ist eine unerläßliche Bedingung, mit der eine sehr gute Düngung des Bodens verbunden werden muss, die mit thierischem Dünger, unter Beigabe mineralischen Düngers, ausgeführt wird. Zu Unterlagen (Wurzelstamm) benöthigen wir nur gesundes, schönes, amerikanisches Rebholz. Derartig beschaffenes Holz soll man stets vorräthig haben und zu diesem Zwecke einen Mutterweingarten für Schnittreben anlegen. Die Größe desselben richtet sich nach dem Bedarfe. Als Richtschnur diene, dass 1 ha (gleich $1^{3}/_{4}$ Joch) mit 1·50 m im Quadrat circa 4000 Stöcke fasst, welche durchschnittlich 15 bis 20 gute Schnittreben zu Veredlungszwecken liefern. Sobald im Frühjahre die Unterlagen im Mutterweingarten auszutreiben beginnen und Triebe mit 10 bis 15 cm Länge besitzen, werden sie ausgebrochen; nur die auf Zapfen stehenden Triebe bleiben stehen. Die neuen Triebe werden stets sorgfältig an Stangen angebunden und deren Irrentriebe fleißig beseitigt. Hand in Hand mit dem sorgsamen Ausbrechen der Triebe hat eine gute Bodenlockerung und Reinhaltung von Unkraut zu gehen. Die Reben schneidet man gewöhnlich zur Zeit des Bedarfes, zeitig im Frühjahre. Die Edelreiser, welche empfindlicher sind, werden im kühlen Keller in mäßig feuchtem Sand eingeschlagen und überwintert. Man pflegt zumeist Schnittreben zu veredeln und diese dann zur Bewurzlung in die Rebschule im Hausgarten zu bringen. Die Schulung veredelter Reben ist von großer Wichtigkeit. Dieser Arbeitsdurchführung muss erfahrungsgemäß eine bedeutende Aufmerksamkeit und Fleiß gewidmet werden, indem die Zahl des Anwachsens, die mehr oder minder vollkommene Vernarbung der Veredlungsstelle von der Schulung abhängig ist. Aus diesem Grunde ist es sehr nothwendig, daß jeder Weingartenbesitzer eine Rebschule im Hausgarten für den eigenen Bedarf sich anlegt.

Das zur Rebschule bestimmte Land.

Es wird nach Vetter (Oedenburg) in 1 m breite Streifen getheilt (siehe Fig. 11); die Abtheilungslinien

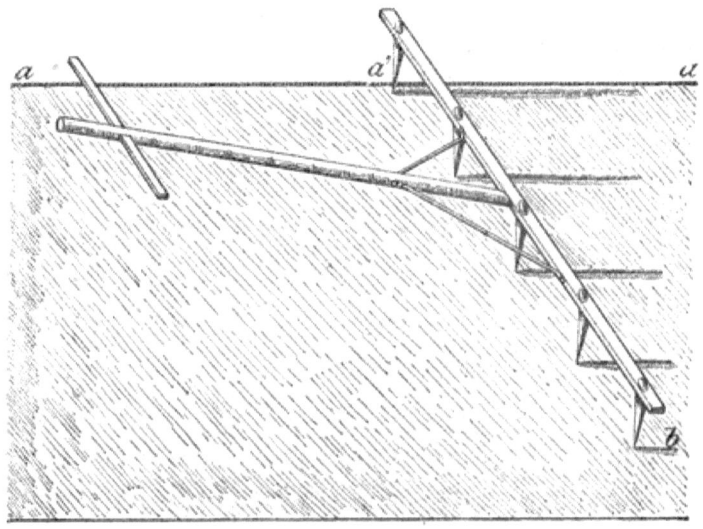

Fig. 11. Bezeichnen der Schulungsgräben.

A, B, C, D, E u. s. f. müssen wegen erfolgreicher Abhaltung der schädlichen Nordwinde die Richtung Ost—West haben. Auf jeder der Linien A, B, C u. s. w. wird ein 25 cm breiter, 25 bis 30 cm tiefer Graben ausgehoben, die nördliche Wand desselben senkrecht abgestochen und die ausgehobene Erde auf die Südseite gehäuft (siehe Fig. 12).

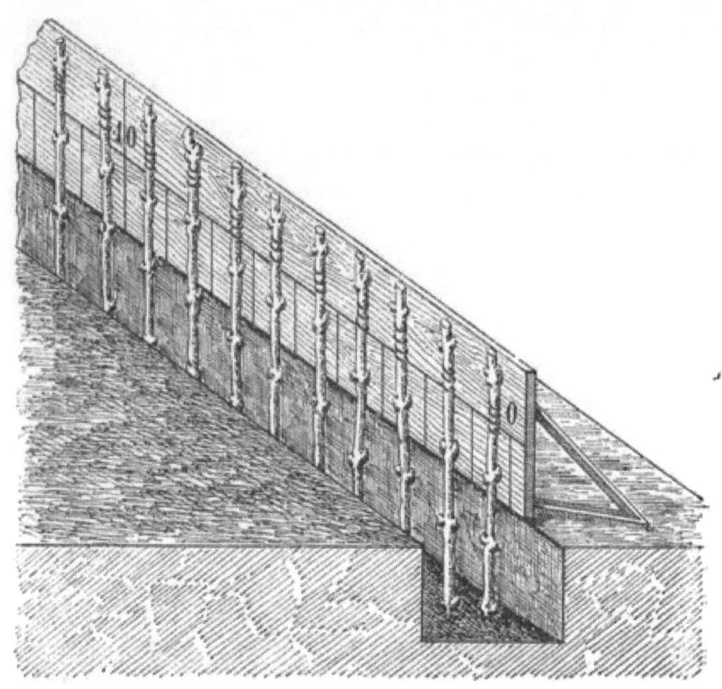

Fig. 12. Schulungsgräben.

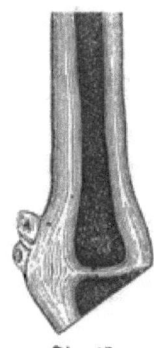

Fig. 13.
Das untere Ende der Schnittrebe.

Die großen Zwischenräume ermöglichen die leichte Vornahme aller möglichen Arbeiten, wie z. B. Lockern der Erdkruste, Beseitigen wilder Triebe und Edelreis= wurzeln, und liefern auch die zum Behäufeln der eingelegten veredelten Schnittreben nöthige Erde. Die veredelten Schnittreben, welche am unteren Ende mit einem Auge enden (Fig. 13), werden in die ausgehobenen Schulungsgräben nach einem Setzbrette (siehe Fig. 12 und 14) zu 5 cm (bewurzelte, neu veredelte zu 10 cm) Entfernung, möglichst senkrecht, eingelegt, und dann zunächst an ihrem unteren Theile mit feiner Erde bedeckt, welche mit dem Fuße gut angedrückt wird. Die Reben werden so gelegt, daß sich das Auge der Edelrebe über der Bodenfläche befindet. Dann wird das hervorstehende Ende (Edelreis) aber noch mit lockerer Erde angehäufelt. Man kann auch beim Pflanzen der veredelten Schnittreben deren unteren Theil, wenn die Erde sehr locker und sandig ist, mit einer größeren Wassermenge anschlemmen. Die Feuchtigkeit hält sich dann lange, und es braucht später meist nicht mehr bewässert werden. Im Sommer bei anhaltender Trockenheit kann man die Rebschule in den breiten Zwischenreihen bewässern, nach demselben muß der Boden stets wieder durch Behacken gelockert werden. Kommen aus der Unterlage Triebe zum Vorschein, so werden dieselben aus dem Boden gezogen und entfernt. Ende Juli bis Anfang August, jedenfalls nicht zu früh, damit keine Verschiebung an der Edelstelle und keine Störung des Verwachsungsprocesses eintritt, kann man die bereits mit kräftigen Edeltrieben versehenen Reben abhäufeln, um die vielfach vom Edelreise

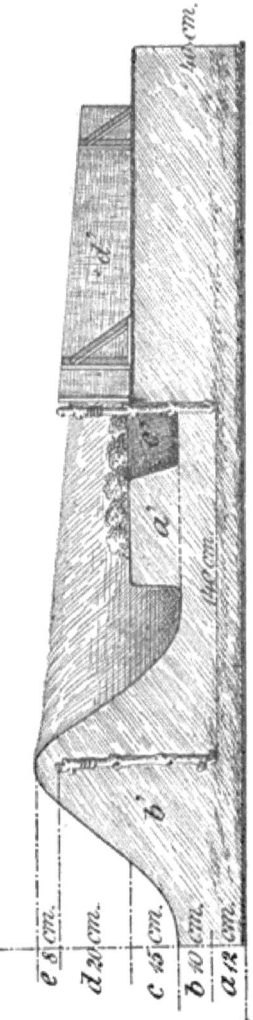

Fig. 14. Schulungsgräben.

gebildeten Würzelchen zu entfernen. Gleichzeitig kann man auch den Verband lockern, um ein Einschnüren zu verhindern. Nach dieser Arbeit häufelt man die Rebreihen wieder sorgfältig zu. Die Entfernung des Unkrautes und die Lockerung des Bodens während des ganzen Sommers, sowie die Bekämpfung der Peronospora muß mit der größten Sorgfalt durchgeführt werden. Im kommenden Frühjahr nimmt man die bewurzelten, veredelten Reben aus dem Boden und verwendet die vollkommenen, an der Veredelungsstelle verwachsenen

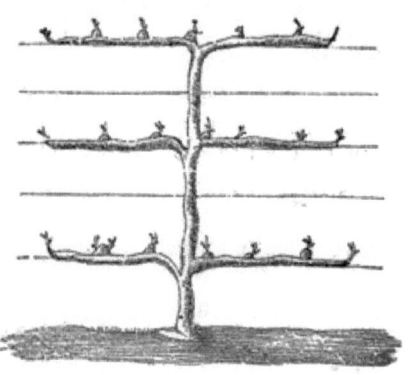

Fig. 15.

Reben entweder als Mauerspaliere (Fig. 15) oder zur Neuanlage unserer zukünftigen Weingärten. Die veredelten Rebensetzlinge werden beim Einpflanzen in neue, frisch rigolte Weingärten so tief in den Boden gesetzt, daß die Veredlungsstelle derselben in gleicher Höhe mit der Bodenoberfläche sich befindet; durch ein über derselben gebildetes Erdhäufchen wird das Austrocknen behindert. Grünveredelte amerikanische Reben werden im Herbste desselben Jahres nach dem Laubfall vergrubt, und zwar wird die ganze Pflanze mit dem alten Stamm- und Wurzelholze horizontal tief in die Erde versenkt, so daß die Grünveredlung — (die Veredlungsstelle bleibt wie bei den Holzveredlungen unmittelbar ober dem Erdboden) — d. i. der einjährige edle Trieb zu Tage zu stehen kommt.

3. Veredeln der Obstbäume und Reben.

Die unveredelten Sämlinge unserer Obstbäume geben meistens für den Genuß wertlose Früchte, so daß man genöthigt ist, zur Vermehrung der guten Obstsorten die Veredlung vorzunehmen. Zur Erklärung der Vereinigung des Edelreises mit dem veredelten Theil (Unterlage genannt) sei erwähnt, daß der Durchschnitt eines Stammes in seinem Innern das Mark, um dasselbe das Holz, und um dieses die Rinde zeigt; das jüngste nach der Rinde zu befindliche Holz nennt man den Splint, den innersten Theil der Rinde die Bastschicht. Beide, Edelreis und Unterlage, vereinigen sich durch das zwischen Bast und Splint gelegene Bildungsgewebe (Cambium), welches alljährlich nach innen eine Schicht Holz, nach außen eine Schicht Bast bildet. Die Veredlung geschieht im Frühjahr mittels einjähriger Zweige mit guten Holzknospen (Copulieren) oder Mitte Juli bis Ende August durch Einsetzen eines Auges in den zu veredelnden Theil (Oculieren). Man schneidet die Reiser für die Frühjahrveredlungen, wenn sich die Bäume im Zustand der Ruhe befinden. Oculierreiser schneidet man unmittelbar oder höchstens zwei Tage vor dem Gebrauch. An denselben sind die mittelsten Augen die geeignetsten, und im allgemeinen wählt man solche Triebe zu Oculierreisern, bei welchen die Endknospe bereits ausgebildet ist. Im Frühjahr werden zuerst Kirschen, dann Birnen, Pflaumen und zuletzt Aepfel veredelt, im Sommer werden zuerst Birnen, dann Pflaumen, Kirschen, Pfirsiche, Aprikosen und Aepfel oculiert. Die wichtigsten Reiserveredelungsmethoden sind: 1. das Copulieren für Kernobst, Kirschen und Pflaumen in allen den Fällen, wo der zu veredelnde Theil mit dem Edelreis gleiche Stärke hat (siehe Fig. 16); 2. das Anschäften für dieselben Obstgattungen dann, wenn der zu veredelnde Theil wenig stärker ist als das Edelreis (Fig. 17); 3. das Pfropfen unter die Rinde für Kernobst und Pflaumen, wenn der zu veredelnde Theil bedeutend stärker ist wie

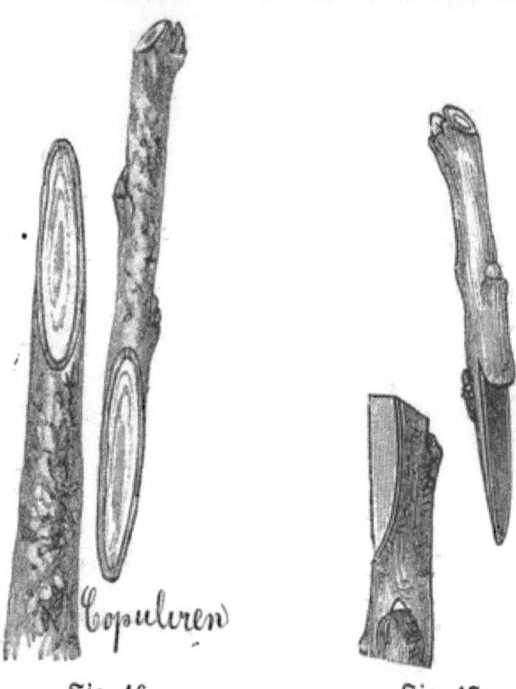

Fig. 16.   Fig. 17.

das Edelreis (Fig. 18) und 4. das Einsetzen des Edelreises in den Spalt unter gleichen Umständen (Fig. 19). Die Oculation im Sommer nennt man das „Oculieren auf das schlafende Auge", weil dasselbe gleichsam über Winter schläft und erst im nächsten Frühjahr austreibt; nur bei Rosen kann auch auf das treibende Auge oculiert werden, dies geschieht gegen Ende Juni, da zu dieser Zeit bereits an den Rosen zum Oculieren taugliche Augen vorhanden sind; diese Augen treiben in demselben Sommer noch aus. Neben der Veredlung jüngerer Wildlinge werden ältere Bäume, welche schlechtere Obstsorten tragen, umgepfropft. Die hierbei angewendete Veredlungsmethode ist das Pfropfen unter die Rinde. Die

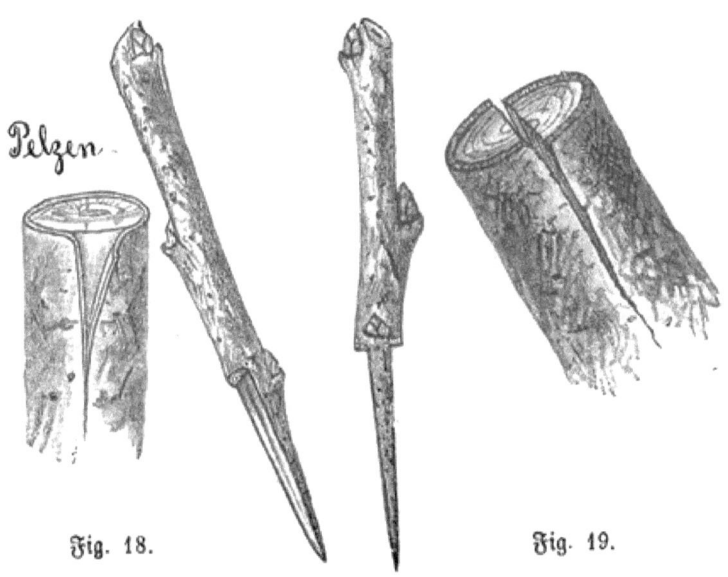

Fig. 18.   Fig. 19.

Operation des Veredelns vertheilt man in diesem Fall auf 2—3 Jahre und läßt die im ersten und zweiten Jahre nicht veredelten Aeste stehen. Sind die Schnittwunden sehr groß, vielleicht circa 6—8 cm im Durchmesser, so setzt man auf einen solchen Kopf 2—3 Reiser, von denen man später nur die am besten entwickelte Veredlung beibehält.

Bei der Wiederherstellung unserer Weinberge pflegt man im Süden Schnittreben zu veredeln und diese dann zur Bewurzelung in die Rebschule zu bringen. In nördlichen Weingegenden werden Wurzelreben veredelt.

Die Veredlung der Reben kann im verholzten (Holzveredelung) oder im krautartigen Zustande (Grünveredelung) erfolgen.

A. Holzveredlung.

In der Regel bedient man sich zur Holzveredlung im April-Mai des sogenannten englischen Copulierens; die Unterlage ist circa 40 cm lang, die Augen an der Unterlage werden bis auf ein einziges, welches am Fuße des Edelreises sich befindet, der besseren Bewurzlung der Unterlage und Verwachsung der Veredelungsstelle halber mit dem Messer beseitigt (siehe Fig. 13). Das Edelreis hat ein Auge, bei welchem der Copulierschnitt zwischen zwei Knoten erfolgt und bei beiden Theilen, Edelrebe und Unterlage, senkrechte, 4—5 mm tiefe Einschnitte oberhalb vom Marke geführt werden, wodurch je eine kleine Zunge entsteht, die in den Spalt des anderen Theiles eingeschoben wird, und dadurch die Verbindung eine gewisse Festigkeit erreicht. Die Schnittlänge beträgt circa 2 cm. Die Schnitte müssen sehr rein, eben, glatt und gleich lang, das Edelreis und die Unterlage von gleicher Dicke sein.

Die fertige Veredlung wird mit Raffiabast oder Bindfaden oder aber mit Kork und Draht fest verbunden. Wir empfehlen den Korkverband aufs beste; derselbe ist ungemein fest, so daß selbst Stöße nicht schaden und die Veredlungsflächen nicht verschoben werden können.

Die Ausführung der vorhin beschriebenen Holzveredelung veranschaulichen Fig. 20, 21 und 22.

Der Korkverband ist sehr leicht anzulegen und kann von jedem Arbeiter gemacht werden. Man bedient sich hierzu eigener Zangen (siehe Fig. 23), die den Kork, nachdem er halbiert wurde, zuerst erfassen und dann an die dazwischen gelegte Rebe fest andrücken, indem man dieselbe schließt. Sodann legt man mittelst kleiner Flach= zangen 3 Drähte — feinen geglühten Eisendraht in einer

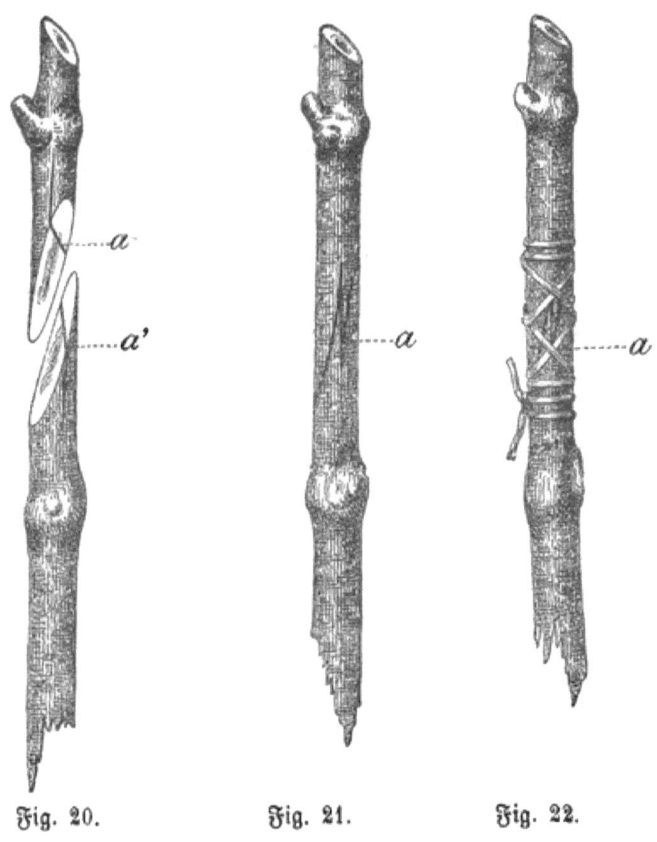

Fig. 20.   Fig. 21.   Fig. 22.

Länge von 8—10 cm — an, öffnet die Zange und kann die fertig gebundene, gedichtete Veredlung herausnehmen.

Sobald die Veredelung verbunden ist, so ist es unsere Aufgabe, gleich dieselbe in die Rebschule auszupflanzen.

Fig. 23.

Die Holzveredlung wird allgemein bei Neuanpflanzung der Weinberge mit veredelten Reben angewendet.

B. **Grünveredlung.**

Diese Veredelungsart erfolgt im Monat Mai bei warmer Witterung, und wird auch zur Ausbesserung von vorhandenen Lücken, welche durch Absterben ausgesetzter Veredlungen entstanden sind, angewendet. Die Verwachsung ist, da die Unterlage im kräftigsten Wachsthum ist, eine rasche und vollkommene. Regen, Kälte und Winde sind die größten Feinde der Grünveredlung.

Die beste Grünveredlungsart ist das einfache Copulieren durch den Knoten. Unterlage und Edel-

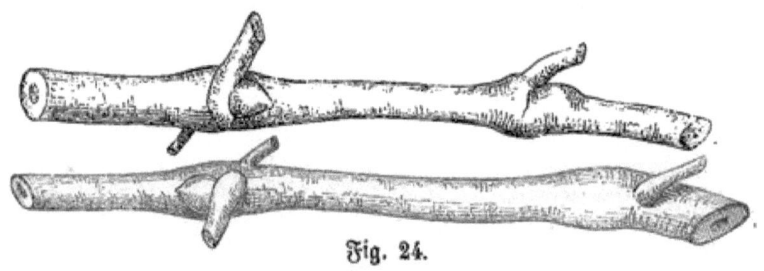

Fig. 24.

reis müssen von gleicher Dicke sein (siehe Fig. 24). Der Schnitt wird so durch den Knoten geführt, daß Blatt und Knospe weggetrennt werden (siehe Fig. 25). Am besten wählt man einen Knoten mit einer Ranke, in welchem Falle man viel besser und sicherer binden kann.

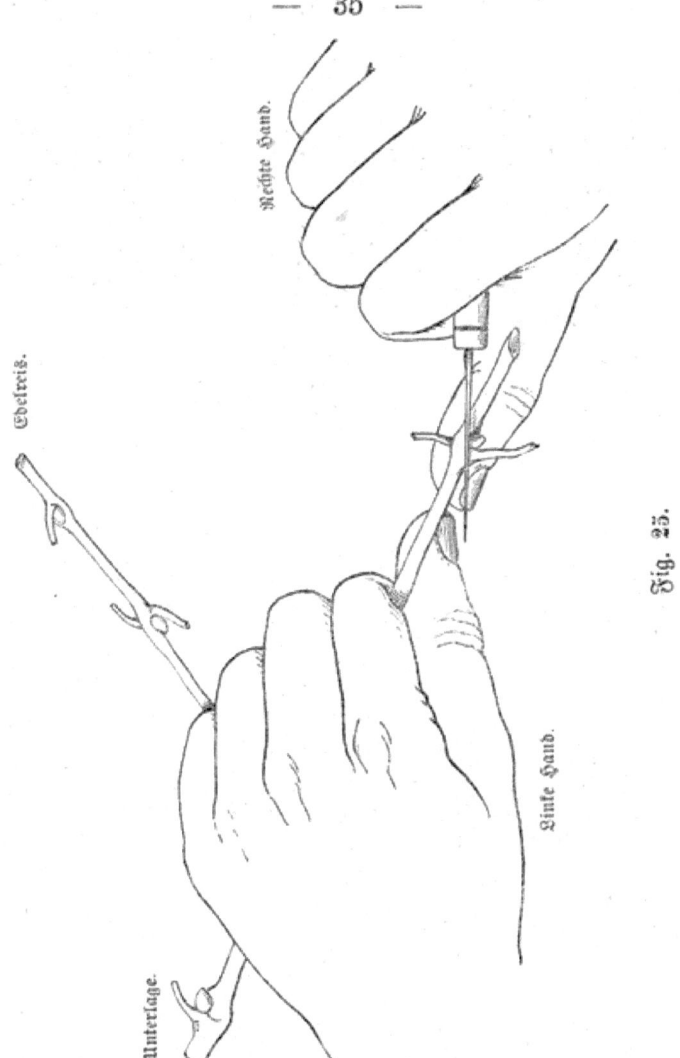

Fig. 25.

Das Edelreis hat zwei Augen. In Fig. 26 ist die zugeschnittene Unterlage und das Edelreis, in Fig. 27, 28 der Verband dargestellt.

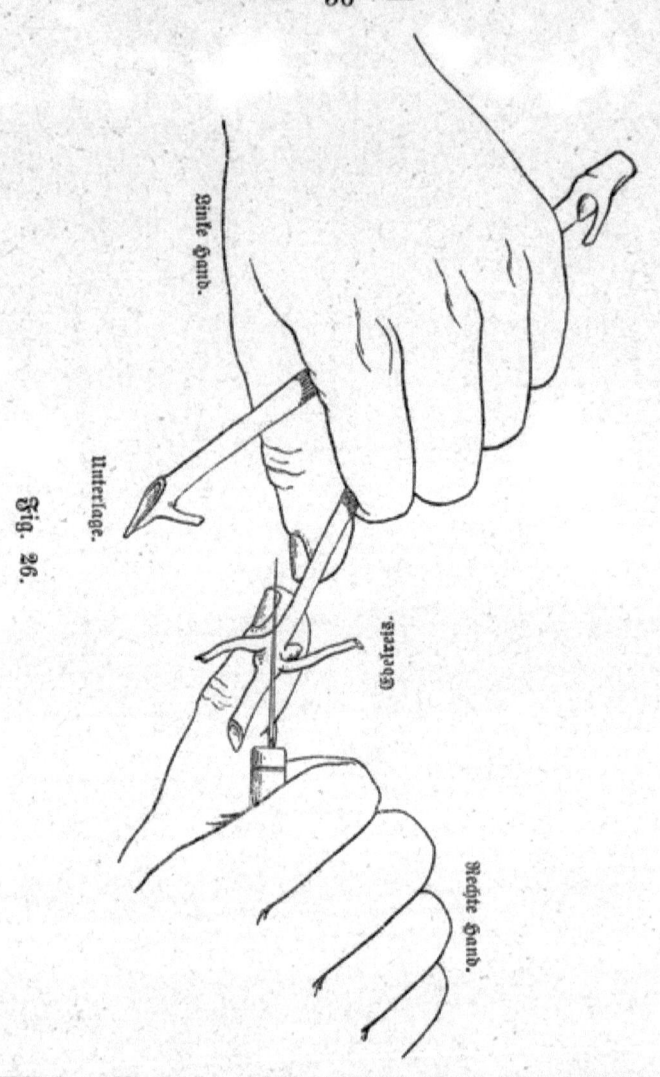

Fig. 26.

Der Verband geschieht mit einem Gummistreifen. Die Unterlagen der Grünveredlungen (amerik. Reben) müssen stets von der Irgenbrut befreit werden.

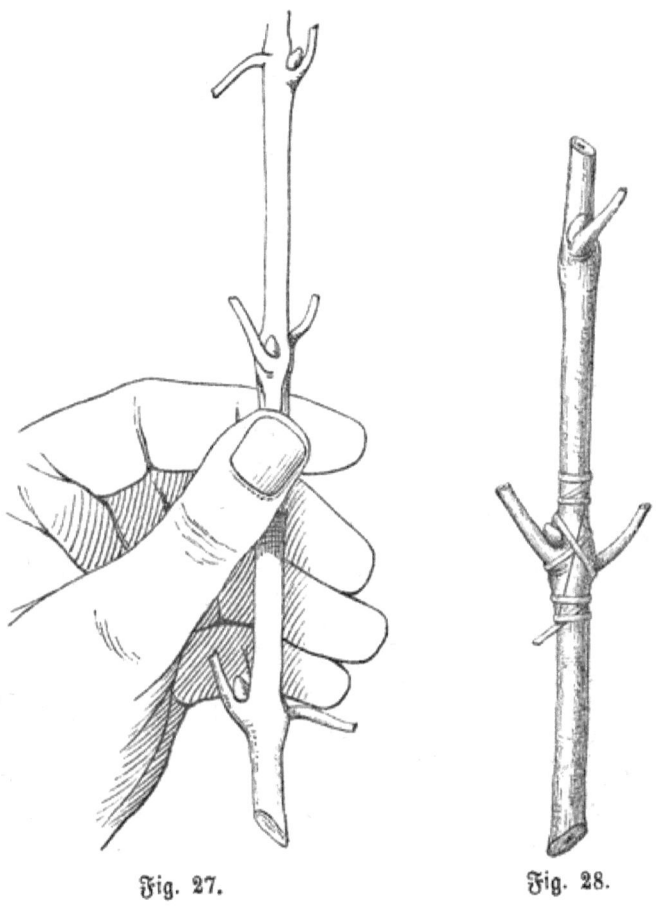

Fig. 27. Fig. 28.

4. Zwergobstbäume und Beerenobststräucher.

Die Flächen der Gartenmauer, des Wohngebäudes, der Scheunen und Stallungen auf dem Lande sind Stellen, woran der Obstbau mit großem Erfolge und sehr gesichertem Ertrag betrieben werden kann. Wir können nichts so sehr empfehlen, als alle Gartenmauern und freistehenden Gebäude dafür auszunützen, und zwar hauptsächlich für Zwergobstbäume.

Die hier in Betracht kommenden Formen sind die Pyramiden für Aepfel, Birnen, Kirschen und Pflaumen; Spaliere für diese und Pfirsiche, Aprikosen; Cordons für Aepfel und Birnen. Von Beerenobst cultiviert man Weinrebe am Spalier, alle übrigen wie z. B. Johannisbeeren, Stachelbeeren, Erdbeeren (Fig. 29, 30, 31, 32) und Himbeeren in den meisten Fällen als Sträucher. Ihre Anpflanzung kann auf schwerem Boden im Frühjahre, auf leichtem Boden im zeitigen Herbst geschehen. Vor dem Pflanzen schneidet man die Zwergbäume an ihren Zweigen und Wurzeln; der Zweck des Beschneidens ist, den Baum zu einer gewissen Form heranzubilden, ihn bei voller Fruchtbarkeit in derselben zu erhalten und ihn nöthigenfalls zu verjüngen, d. h. seine Aeste bis auf älteres Holz zurückzuschneiden, um durch neue Triebe aus demselben gleichsam einen jungen Baum zu erhalten.

Beim Anpflanzen der Zwergobstbäume schneidet man die Seitenzweige ungefähr um die Hälfte, und zwar bei Pyramiden auf ein nach außen stehendes Auge, damit der neue Trieb aus dem letzten Auge auch nach außen wächst, bei Spalieren und Cordons auf ein nach oben stehendes Auge, und den Seitenzweig am Mittelstamm eines Spaliers auf ein nach vorn stehendes Auge.

Der Schnitt muss glatt und stets so geschehen, dass derselbe der Basis des Auges gegenüber beginnt und über dessen Spitze endigt. Alle sich kreuzenden oder sonst sich beengenden Zweige entfernt man gänzlich, die Nebenzweige werden auf 3—4 Augen geschnitten. Von den Wurzeln werden die stark verletzten gänzlich entfernt, alle übrigen erhalten nur einen glatten, frischen, nach unten gekehrten, horizontalen Schnitt, die feineren Wurzeln kürzt man um die Hälfte. An den Schnittflächen der Wurzeln bilden sich hauptsächlich die neuen Wurzeln. Vor dem Pflanzen der Zwergobstbäume wird das Pflanzloch so weit und in der Weise mit Erde gefüllt, daß die Bäume auf zwergartigen Unterlagen bis zur Veredlungsstelle in die Erde kommen. In der Mitte des Pflanzloches macht man einen kleinen Hügel, setzt auf diesen den zu pflanzenden Baum nnd bringt alle Wurzeln in ihre natürliche Lage.

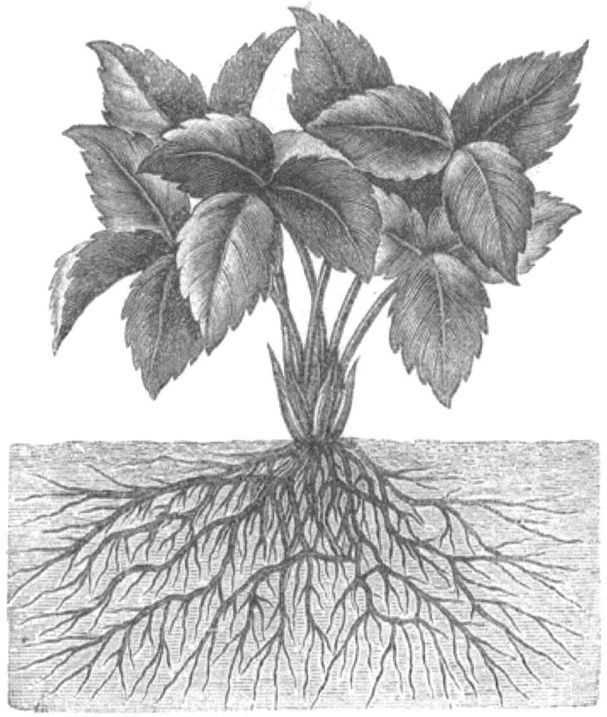

Fig. 29. Richtig gepflanzte Erdbeere.

Die beste Erde bringt man in die nächste Nähe der Wurzeln und vermischt dabei die natürliche Erde mit etwas Compost. Die weniger gute Erde kommt nach oben, sie wird durch die Cultur im Laufe der Zeit verbessert. Nach dem Pflanzen bindet man die Bäume provisorisch nur lose an, damit sie sich mit der Erde setzen können.

Bei Pflanzen im späteren Frühjahr (im Mai) müssen die Wurzeln vor dem Pflanzen in einen aus Wasser, Lehm und Kuhfladen bestehenden Brei getaucht werden; kann der spät gepflanzte Baum nach warmen Tagen begossen werden, so wird die verspätete Pflanzung um so weniger nachtheilig sein.

Fig. 30. Falsch gepflanzte Erdbeere.

Kann man die nächste Umgebung des Baumstammes (Baumscheibe) mit gut verottetem Dünger bedecken, um so länger wird die unter dieser Decke liegende Erde feucht und locker bleiben, wodurch das Anwachsen der Bäume sehr wesentlich gefördert wird. Die Zahl der anzupflanzenden Bäume wird sich nach der Größe des Hausgartens richten, die Entfernung der Pyramiden und Spaliere untereinander möge 3 Meter, die der Cordons 1½ bis 2 Meter betragen.

Bei Weinreben richtet sich das Beschneiden beim Anpflanzen nach der Stärke der Stöcke, bei starken älteren Rebstöcken schneidet man die stärkeren Reben auf 5—6 Augen, wobei jedoch nie dicht über dem Auge, sondern wenigstens 3 Centimeter über demselben geschnitten werden muss, um das letzte Auge nie zu ver-

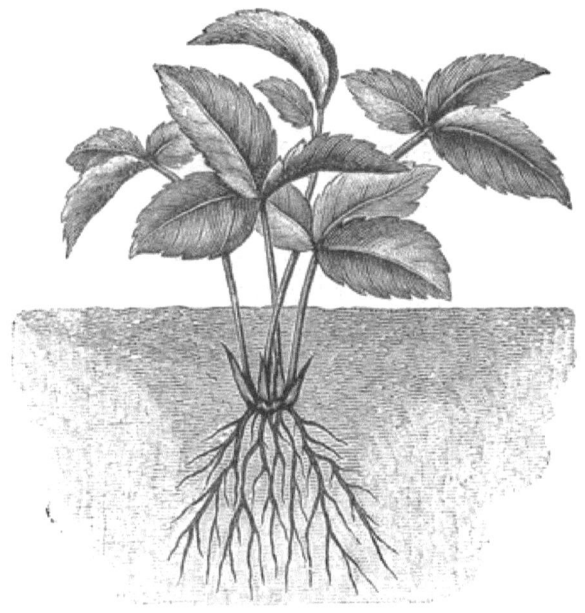

Fig. 31. Zu tief gepflanzte Erdbeere.

letzen; bei Stachel- und Johannisbeeren schneidet man die einjährigen Triebe circa auf die Hälfte; die Erdbeeren werden als bewurzelte Ausläufer auf besondere Beete und die Einfassung in einer Entfernung von 20—30 Centimeter im Frühjahr oder Herbst (August) gepflanzt.

Für Pyramiden kann man mit Rücksicht auf die klimatischen Verhältnisse in Nord-Oesterreich nur das

Kernobst, im Süden auch Steinobst empfehlen. Die Pyramiden können auch auf zwergartige Unterlagen veredelt angepflanzt werden, und zwar die Aepfel auf den Johannisapfel und Splittapfel, und die Birnen auf Quitte. Sie erreichen so allerdings nicht die Größe, als wenn sie auf Wildling veredelt wären, aber sie tragen früher, sind aber gegen strenge Winter erfahrungsgemäß

Fig. 32. Zu hoch gepflanzte Erdbeere.

empfindlicher, als die auf gewöhnliche Wildlinge veredelten, und verlangen einen besseren Boden. Bei Pyramiden schneidet man die Leitzweige auf nach außen stehende Augen und den Mitteltrieb auf ein Auge, welches die Verlängerung des Stammes gibt; um ihm eine gerade Richtung zu schaffen und ihn vor dem Abbrechen zu schützen, schneidet man 2—3 Augen über dem ausgesuchten aus, und bindet den jungen Trieb bei einer

Länge von 10 bis 15 Centimeter mit Bast an den dadurch erhaltenen Zapfen. Derselbe wird im Herbst überflüssig, da sich nun der bereits verholzte Trieb von selbst in gerader Richtung halten kann. Die Nebenzweige schneidet man auf 2—3 Augen, die Fruchtruthen auf ungefähr die Hälfte und den Fruchtspitzen nimmt man nur die Endknospe. Bei einer Pyramide sollen die Aeste in einer Höhe von 40 Centimeter über dem Boden beginnen, am Stamm entlang möglichst gleichmäßig vergabeln. Für Spaliere eignen sich: Kernobst, Aprikosen und Pfirsiche. Beim Spalier breiten sich die Aeste, „Etagen" genannt, gleichmäßig von einem Mittelstamm nur nach rechts und links aus. Die Etagen sind von einander, sowie die untersten vom Boden circa 30 Centimeter entfernt. Die Seitenzweige der Etagen werden auf nach oben stehende Augen geschnitten, der Schnitt der Nebenzweige ist derselbe, wie er bei Pyramiden angegeben wurde. Jedes Jahr erzieht man ein neues Etagenpaar, dessen Aeste möglichst gegenüber stehen sollen; zur Erreichung dessen wählt man sich vor dem Schneiden des Mittelastes drei Augen aus, von denen zwei passend gestellte die Etagen und ein darüberstehendes die neue Verlängerung geben, bei starkem Wuchs werden die Etagen bald wagrecht angeheftet, um durch diese wagrechte Lage das zu starke Wachsthum zu Gunsten der Fruchtarbeit zu mäßigen, dagegen bei schwächerem Wuchs heftet man sie in den ersten Jahrgängen in schräger Richtung an, um sie durch diese der Natur nahe kommende Richtung im Wachsthum nicht zu hindern. Die Zahl der Etagen richtet sich nach der Höhe, welche man dem Spalier geben will, gewöhnlich drei, vier bis zehn. An den Aprikosen und Pfirsichspalieren entfernt man nur die zu dicht stehenden Aeste und kürzt die einjährigen Triebe auf ein Drittel ihrer Länge ein. Da diese beiden Steinobstgattungen am einjährigen Holz Früchte tragen, so muss bei dem Beschneiden darauf Bedacht genommen werden, daß die Fruchtzweige, welche einmal getragen haben, durch neue Zweige ersetzt werden. Schneidet man einen Fruchtzweig, welcher außer den Blütenknospen auch Holzknospen trägt, auf circa 15 bis 20 Centimeter zurück, so werden sich die an demselben befindlichen Holzknospen zu neuen Zweigen im Laufe des Sommers entwickeln, so daß beim nächsten Schnitt mehrere, von dem früheren Zweig ausgehend, gefunden werden. Tragen diese sämmtlichen Holz- und Blütenknospen, so schneidet man zuerst die stehenden kurz auf zwei bis drei Augen, während man die obersten Zweige als Fruchtzweige in einer Länge von 15 bis 20 Centimeter beläßt; aus den unteren, kurz geschnittenen Zweigen entwickeln sich neue Zweige, die dazu bestimmt sind, die vorderen Fruchtzweige zu ersetzen, wenn diese einmal getragen haben, weshalb sie auch Ersatzweige genannt werden.

Die Weinrebe als Spalier erfordert einen jährlichen regelmäßigen Schnitt, der hierzulande im zeitigen Frühjahr ausgeführt wird. Der Hauptzweck beim Rebschnitt besteht darin, das gehörige Gleichgewicht zwischen Fruchtertrag und Holzbildung zu erhalten, damit sich der Stock niemals erschöpfe, aber auch nicht zu stark ins Holz treibe zum Nachtheil der Fruchtbarkeit. Angenommen, es ständen ein Rebstock zwei Jahre am Spalier und wäre im zweiten Jahr auf zwei Augen, im dritten und vierten Jahr auf mehrere Augen geschnitten, und es hätte sich ein kräftiger, fruchtbarer Schenkel gebildet, so wird der Verlängerungstrieb auf fünf bis sechs Augen und werden die Seitenzweige auf drei Knospen geschnitten. Diese zwei Augen treiben dann in der Regel aus, und der obere Trieb liefert schöne Trauben, der untere Trieb dicht an der Basis ist zum Ersatzweig bestimmt. Im allgemeinen schneidet man schwach wachsende Rebsorten kürzer als sehr stark wachsende. Behufs Anbindens der Spalierbäume und Reben an Wand oder Zaun befestigt man am vortheilhaftesten verzinkten Eisendraht an

Latten, welche vermittelst starker Haken an der Wand so angebracht werden, daß die horizontalen zehn Centimeter von der Mauer abstehen. An die nach Süden gelegenen Wände pflanzt man Pfirsiche und Weinreben, nach Osten zu Birnen und Aprikosen, nach Westen zu Aepfel.

Die Cordons für Kernobst auf zwergartigen Unterlagen nehmen wenig Raum ein und eignen sich vorzüglich zu Beeteinfassungen. Das Beschneiden derselben ist dasselbe wie bei den Spalieren. Die Cordonsbäumchen haben nur einen 30 bis 40 Centimeter hohen Stamm, von ihm ab geht nach rechts oder links oder auch nach beiden Seiten je ein Ast, den man Arm nennt. Johannis- und Stachelbeeren werden in Strauchform cultiviert, man entfernt nur die zu dicht stehenden Zweige und das älteste Holz jährlich, sowie den größten Theil der aus der Wurzel kommenden Wasserschosse. Im Sommer werden alle Zweige der Formenbäume mit Ausnahme der Leitzweige pinciert, das heißt die Spitzen, nachdem sie eine ungefähre Länge von 15 bis 20 Centimeter erreicht haben, abgeschnitten. Das Pinciren hindert das weitere Wachsthum der so behandelten Triebe zu Gunsten der Bildung der Blütenknospen. Moos und die ältere Rinde müssen von den Obstbäumen entfernt werden. Größere Wunden sind bis zur vollkommenen Verheilung, zur Vermeidung von Holzfäulnis, mit Theer zu verstreichen. Kleine Wunden verstreicht man mit kaltflüssigem Baumwachs.*) An Geräthen sind bei der Pflege der Obstbäume ein gutes, stärkeres Messer und eine Baumsäge nothwendig, ferner an Materialien kaltflüssiges Baumwachs

---

*) Das kaltflüssige Baumwachs bereitet man, indem man je 1 Kilogramm Weißpech auf dem Herd in einem Topf zergehen läßt und dann allmählich eßlöffelweise auf dieses Quantum $\frac{1}{2}$ Liter Alkohol gießt. Damit letzterer nicht verdunste, bewahre man das Ganze in Blechbüchsen auf; sollte es hart werden, so erwärmt man es von neuem und gießt Alkohol hinzu.

und Raffiabast. Pfirsiche, Aprikosen und Weinreben werden in kalten Gegenden über Winter mit Stroh, Schilf und Tannenreisig bedeckt. Im Frühjahr nimmt man die Winterdecke bei trübem Wetter ab. Alle Spalier- und Cordonsbäume sowie Weinreben werden nach dem Schneiden im Frühjahr neu angebunden.

Aus der großen Anzahl der Obstsorten seien hier einige besonders für die Anpflanzung im Hausgarten empfehlenswerthe namhaft gemacht:

Aepfel. 1. Tafeläpfel. Weißer Winter-Calvill, Gravensteiner, gestreifte Canada-Reinette, Winter Gold-Parmäne, Edelborsdorfer, röthliche Reinette, Carmeliter Reinette, Ribston-Pepping, Gold-Reinette von Blenheim, Hoyasche Gold-Reinette.

2. Wirtschaftsäpfel. Winter-Postoph, Purpurrother Cousinot, Geflammter Cardinal, Rother Winter-Taubenapfel, Gäsdonker Reinette, Glanz-Reinette, Zwiebel Borsdorfer, Echter Winter-Streifling, Schwarzschillern.

Birnen. 1. Tafelbirnen. Holzfarbige Butterbirne, Capiaumont, Comperette Ananasbirne, Regentin-Argenson, St. Germain, gute Louise von Avranches.

2. Wirtschaftsbirnen. Römische Schmalzbirne, Leipziger Rettigbirne, Salzburgerbirnen, Grüner Sommerdorn, Frankenbirne, Schneiderbirne, Großer Katzenkopf, Knausbirne, Normänische Ciderbirne, Normänische Bratbirne, Wälsche Mostbirne, Rommelter Birne, Wolfsbirne, Weilersche Mostbirne, Wildling von Einsiedel, Schweizer Wasserbirne.

Kirschen. 1. Süßkirschen. Coburger schwarze Maiherzkirsche, Große schwarze Knorpelkirsche, Große Holländische Prinzessinkirsche.

2. Sauerkirschen. Doppelte Glaskirsche, Rothe Maikirsche, Ostheimer Weichsel, Große lange Lotkirsche.

Pflaumen und Zwetschken: 1. Pflaumen. Große grüne Reineclaude, Gelbe Mirabelle, Rothe Eierpflaume.

2. **Zwetschken.** Wagenheims Frühzwetschke, Hauszwetschke, Italienische Zwetschke (mit blauen Früchten).

Aprikosen. Aprikose von Nancy, Aprikose von Breda.

Pfirsiche. Früher Purpurpfirsich, weißer und rother Magdalenenpfirsich, große Mignonne.

Weinreben mit gelblich-grünen Trauben: Diamant Gutedel, Grüner Gutedel, Pariser Gutedel, Précoce de Saumur, Früher Malingre (sehr früh reifend), Mandeleine Angevine. 2. Mit rothen Trauben: Rother Gutedel, Königsgutedel, Früher rother Malvasier. 3. Mit blauen Trauben: Blauer Burgunder, Blauer Portugieser, St. Laurent.

Stachelbeeren: 1. Mit rothen Früchten: Graves, London, Bloodhoned. 2. Mit grünen Früchten: Yellow Seedling, Teazer, Prophets, Prince Ernest.

Johannisbeeren. Holländische rothe Johannisbeere, Kirschjohannisbeere, Versailler Johannisbeere, Holländische weiße.

Himbeeren: Fastolf Himbeere, Gelbe Merveille Himbeere, Chili Himbeere.

Erdbeeren: Lucida perfecta, Ornement des tables, Princess Alice, Frogmore, Gloire de St. Génis de Laval.

IV. Gemüsebau.

Wir führen nun die bei uns in den Hausgärten auf dem Lande vortheilhaft zu erziehenden Gemüsearten in der von Nietner und Rümpler aufgestellten Reihe auf:

a) Gemüsearten, welche ihre genießbaren Theile mehr in der Erde ausbilden, und zwar: Langwurzeln, Rüben (rothe Salatrübe), Kartoffeln, Spargel und Sellerie.

b) Gemüsearten, welche ihre genießbaren Theile mehr über der Erde ausbilden, und zwar: Gurken, Kohlarten und Spinat, Salatarten, Zwiebelarten, Hülsenfrüchte und Küchenkräuter.

a) Gemüse, deren genießbare Theile sich unterhalb der Erdoberfläche ausbilden:

Schwarzwurzel verlangt recht lockeres, gut bearbeitetes, aber nicht zu frisch gedüngtes Land. Im März bis April wird der Same in Reihen 2½ cm tief in die Erde gebracht. Die Wurzeln können bei gutem Boden und zeitiger Saat schon im ersten Jahre geerntet werden, gewöhnlich läßt man sie aber zwei Jahre stehen. Die Wurzeln werden vorsichtig ausgenommen und im Keller in trockenem Sande aufbewahrt. Den Samen gewinnt man im zweiten Jahre.

Gelbe Rübe, Möhre, Carotte: a) Gelbe Rübe, Möhre, mit langer, spitz auslaufender Wurzel und b) die Carotte mit walzenförmiger, kürzerer Wurzel.

Der Same wird, um das durch kleine Widerhäkchen der einzelnen Körner verursachte Zusammenhängen zu verhüten, mit feiner Erde oder Sand untermischt und im März bis Mai in Reihen 3 bis 4 cm tief mit dem Rechen in die Erde geharkt und angedrückt. Die Treibcarotten werden im Jänner bis Februar in ein nicht zu warmes Mistbeet gesäet. Man kann auch Herbstsaaten machen, muß aber dann die Beete im Winter mit Nadelreisig decken. Ihre Ansprüche an den Boden sind dieselben wie die der Schwarzwurzel. Die besten Sorten sind: Altringham, die Braunschweiger, die Frankfurter, die Hornische, die lange, rothe, stumpfe ohne Herz und die Halblange von Luc. Ganz gleich ist der Anbau der Pastinac- und Petersilienwurzel.

Salatrübe. Das Land muß im vorherigen Jahre gut gedüngt sein, da in frischer Düngung alle Rübenarten schlechten Geschmack annehmen. Man steckt den Samen im Mai am zweckmäßigsten in Rillen von 25 bis 30 cm Entfernung und verzieht die jungen Pflänzchen bis auf 15 cm Abstand. Mehrmaliges Behacken der Beete fördert die Entwicklung. Im Herbste hebt man die Wurzeln mit der Gabel aus, schneidet die Blätter bis auf das Herz ab und bewahrt die Wurzeln, wenn sie abgetrocknet, in Sand eingeschlagen im Keller auf oder macht sie sogleich in Gläser oder Steintöpfe ein.

Rettige: Radies oder Monatsrettig, Sommerrettig und Winterrettig. Der Same von Radieschen und Sommerrettigen wird im März oder April, jener breitwürfig, dieser reihenweise in 20 cm Entfernung gesäet, respective gesteckt. Um möglichst zu jeder Zeit Radieschen zu haben, wiederholt man die Aussaat alle 14 Tage. Mairettig und Sommerrettig wird anfangs April, Herbstrettig Ende April und Winterrettig im Juni gesäet. Der Rettig verlangt kräftigen, tiefgegrabenen Boden in halbschattiger Lage.

Die Kartoffel. Im Hausgarten würde der Zweck ihrer Cultur besonders sein, möglichst frühzeitig Kartoffeln ernten zu können. Die Knollen lassen sich anfangs März an einem warmen Ort zum Keimen vorbereiten. Sind die Keime 2 bis 4 cm lang, so lege man die Knollen in die Erde, wo sie bei Eintritt warmer Witterung rasch fortwachsen und gegen Ende Juni schon reife Kartoffeln liefern. Mehrmaliges Behacken und Behäufeln sind zu ihrem Gedeihen erforderlich. Als besonders wertvolle Kartoffelsorten zur Frühcultur wären zu nennen: die frühe, amerikanische Rosenkartoffel, ferner Extra early Vermont, die gelbe und blaue Sechswochenkartoffel, die echte englische Nierenkartoffel, die Biscuitkartoffel und die Snow flake.

Spargel. Zur Anzucht des Spargels aus Samen nehme man nur die beste Qualität. Die Aussaat geschieht im April in 10 bis 15 Centimeter entfernte Reihen, in guten, lockeren Boden; die Samen sind leicht zu bedecken. Nach dem Aufgehen verzieht man die Pflanzen bis auf 5 bis 6 Centimeter gegenseitigen Abstand. Die kleinen Pflänzchen müssen sehr oft behackt und von Unkraut reingehalten werden. Doch muß dies sehr vorsichtig geschehen, damit sie nicht beschädigt werden. Im Sommer und Herbst muß man öfters gießen, auch ist mehrmalige flüssige Düngung sehr vortheilhaft. Solcher Art vorbereitete Pflanzen werden im nächsten Jahr zur Spargelanlage verwendet.

Spargel gedeiht am besten in gutem, sandigem Boden, schwerer Grund muß mit Sand vermischt und tüchtig durchgearbeitet werden. Ganz festes Land muß man durchlässiger machen, indem man auf den Grund des Beetes Asche, Sand, Kalkschutt und gute Composterde bringt.

Die Anlage eines Spargelbodens geschieht folgendermaßen.

Im Herbst wird das Land auf circa 50 Centimeter Tiefe rigolt, die Erde dabei von Steinen ꝛc. gereinigt, gut mit kurzem, verrottetem Dünger vermischt. Im darauffolgenden Frühjahr wird dann das Beet zurecht gemacht; die beste Pflanzzeit ist April; der Spargel wird in Reihen gepflanzt. Zuerst steckt man sich dieselben ab, und zwar so, daß die erste Reihe vom Weg 50 Centimeter entfernt ist. Nun wird in der ganzen Länge desselben ein 30 Centimeter breiter und 20 Centimeter tiefer Graben gezogen; man läßt nun einen Zwischenraum von 1 Meter, zieht wieder einen Graben von 30 Centimeter und so fort.

Fig. 33.

Die aus den Gräben geschaufelte Erde wird auf die Zwischenräume vertheilt. Die Seitenwände der Gräben sind scharf auszustechen und festzuklopfen. Nachdem man nochmals die Erde der Grabensohle gelockert, steckt man

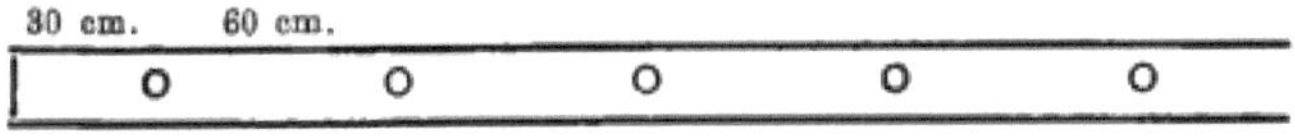

Fig. 34.

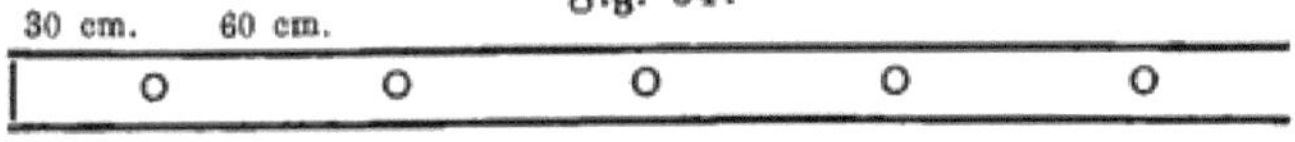

an die Stelle, wo die Spargelpflanzen gepflanzt werden sollen, einen Stab, und zwar in folgender Reihenfolge: den ersten vom Anfang des Grabens 30 Centimeter, die übrigen 60 Centimeter.

Nun beginnt das Pflanzen. Man wähle zu den Setzlingen nur solche mit breiten Köpfen, da diese gute,

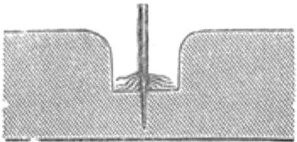

Fig. 35. Richtig gepflanzt.

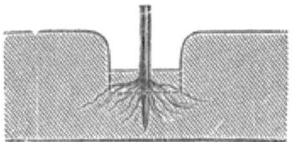

Fig. 36. Im ersten Jahre mit Erde bedeckt.

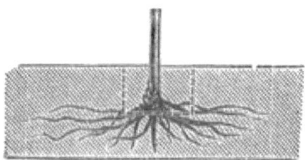

Fig. 37. Im zweiten Jahre.

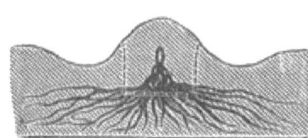

Fig. 38. Im dritten Jahre.

dicke Pfeifen bringen. Bei jedem Stabe mache man am Boden des Grabens eine kleine Erhöhung von 10 Centimeter, auf welche die Spargelpflanze so gelegt wird, daß jede Wurzel gut ausgebreitet ist, dann bedeckt man sie 10 Centimeter hoch mit guter Erde. Im Laufe des Sommers müssen die Pflanzen von Unkraut reingehalten, sowie auch bei großer Hitze begossen werden. Das Kraut des Spargels muß vorsichtig angebunden und nicht eher abgeschnitten werden, bis es vollständig verwelkt ist. Um das Land nicht unnütz liegen zu lassen, bringt man auf die leeren Zwischenräume schnell und leichtwachsende Gemüse, welche nicht zuviel Nahrung erfordern: Kohlrabi, Salat, Radies 2c.

Im zweiten Jahre füllt man den Graben ganz und behandelt ihn ebenso, wie eben beschrieben. Endlich im dritten Jahre wird die Erde der Zwischenreihen nach beiden Seiten an die Pflanzenreihen gehäufelt. Dieses Letztere muß man, da die alten Spargelpflanzen jedes Jahr immer näher der Oberfläche kommen, soweit wiederholen, bis die Erde 30 Centimeter über der Wurzelkrone ist. Es hat dies auch den Vortheil, daß die Pfeifen schön lang werden.

Im dritten Jahr kann man ernten, jedoch sollte man nur bis zum 20. Mai stechen, da die Pflanzen noch zu jung sind und dadurch unbedingt Schaden erleiden, wenn sie ebenso lange wie alte Beete gestochen würden. Im nächsten Jahre sind sie kräftig genug. Man sticht von Mitte April bis Johanni. Von diesem Tage an muß man aufhören, damit die Pflanzen sich weiter entwickeln können. Es ist gleich Dünger auf die Anlage zu bringen und derselbe leicht unter zu graben. Wie schon oben erwähnt, ist das Spargelkraut gegen Wind zu schützen, am besten schlägt man an beiden Seiten des Beetes Pfähle ein, von welchen man zu beiden Seiten Spagat zieht.

Sellerie. Aussaat im zeitigsten Frühjahr in ein lauwarmes Mistbeet und in Ermanglung dessen in ein Kästchen. Anpflanzung Anfang Mai auf Beete in einer Entfernung von circa 35 Centimeter. Im Herbst nimmt man die Sellerie heraus, reinigt sie von Erde und schlägt sie im Keller in Sand ein. Die zur Samenzucht ausgewählten werden im Frühjahre ausgepflanzt. Keimfähigkeit des Samens drei Jahre.

b) Gemüse, deren genießbare Theile sich über der Erdoberfläche entwickeln.

Gurke. Ganz freie, der Sonne ausgesetzte und doch geschützte Lage, lockerer Boden und sehr starke Düngung mit Kuh-, Schaf- oder Grubenmist sind Haupterfordernisse der Gurkencultur. Man macht Mitte Mai auf einem 1·20 Meter breiten Beete eine 5 Centimeter tiefe Furche, legt in 8 Centimeter Entfernung je zwei Gurkenkerne und deckt dieselben 1—2 Centimeter mit sandiger Erde, welche man möglichst feucht hält.

Nachdem die Pflanzen aufgegangen, müssen sie auf 16 Centimeter Weite gelichtet, behackt und später behäufelt werden. Ein Guß mit acht Tage vorher in Wasser gelöstem Schaf- oder Kuhdünger ist sehr zweckdienlich, wenn nicht unmittelbar an die Pflanzen, sondern in einiger Entfernung um dieselben, namentlich in die durch das Behäufeln entstandenen Gräben gegossen wird. Die Pflanzen können auch in Näpfen, Töpfen 2c. gezogen werden, um sie auf die Beete zu pflanzen, wobei sie aber nie angedrückt, sondern nur angeschwemmt werden dürfen. Zu empfehlen sind: die Znaimer Gurke die russische Traubengurke und die Erfurter mittellange.

Speise- und Zierkürbisse. Den Samen der Kürbisse legt man im April am besten in Töpfe mit guter Erde und stellt sie recht warm. Haben die Pflanzen das vierte Blatt entwickelt, so pflanze man dieselben, wenn keine Fröste mehr zu erwarten sind, so aus, daß man 40 Centimeter tiefe, 30 Centimeter weite Löcher macht, diese $^3/_4$ mit gut verrottetem Dünger und $^1/_4$ mit fetter Erde füllt, in diese Erde die Pflanze bis zu den Samenlappen setzt und, ohne sie anzudrücken, anschwemmt. Zu gutem Gedeihen ist stete Feuchtigkeit nöthig und ein dünner Jaucheguß mit Vortheil anzuwenden. Haben sich bei den Speisekürbissen 2—3 Früchte an einer

Ranke gebildet, so schneidet man die fruchtlosen Ranken ganz, die fruchttragenden aber über dem dritten Blatt oberhalb der letzten Frucht hinweg. Als Speisekürbis ist der große gelbe Melonenkürbis zu empfehlen.

Grünkohl. Ihm gleich in Cultur und Verwendung ist der Braunkohl mit braunröthlichen Blättern. Aussaat im Juni auf Saatbeete, Anpflanzung desselben im August auf abgeleerte und frischgegrabene Beete. Sind die Pflanzen einigermaßen erstarkt, so werden sie behäufelt. Im Winter schneidet man die Blätter zum Gebrauch. Zur Samenzucht lässt man einige Stauden unbeschnitten. Keimfähigkeit des Samens 3—4 Jahre.

Wirsing. Die Saat und Pflanzung ist dieselbe wie bei den vorhergehenden Kohlarten, nur muss die Lage der Beete eine freie, sonnige sein. Die Ueberwinterung kann im Freien auf wenig sonniger Stelle geschehen; sicherer gegen Fäulnis aber erfolgt dieselbe im Keller durch Einschlagen auf die beim Rosenkohl angegebene Weise. Empfehlenswert ist der Ulmer frühe und mittelfrühe Wirsing, als spätere Sorte zum Einschlag der Victoria, Vertus, Chou Marcellin und Frankfurter Zuckerhut-Wirsing.

Kohlrabi, Oberrübe. Man cultiviert frühe, mittelfrühe und späte, weiße und blaue. Anzucht der Pflanzen wie bei dem Wirsing. Um den ganzen Sommer hindurch und auch für den Gebrauch im Winter Kohlrabi zu haben, macht man im Laufe des Sommers mehrere Aussaaten, die letzte im Juli, diese gibt die Kohlrabi für den Wintergebrauch. Ernte, Ueberwinterung und Samenzucht wie bei den Kopfkohlarten. Keimfähigkeit des Samens circa 4 Jahre.

Blumenkohl. Wenn derselbe auch mehr ein Luxusgemüse ist, so ist er doch zu bekannt, um unerwähnt bleiben zu dürfen. Man unterscheidet frühen und späten. Die früheste Aussaat im März in Mistbeete gibt im Juli Blumenkohl, eine zweite im April ins freie Land den im Spätsommer und die Saat im Juni Blumenkohl im October; die Stauden, die sich dann noch nicht ausgebildet haben, schlägt man im Keller in Sand ein, woselbst sie sich weiter entwickeln. Starkes Behäufeln und wiederholtes Gießen mit flüssigem Dünger ist dem Blumenkohl besonders zuträglich. Die Samenzucht ist zu umständlich, als daß sie im Hausgarten ausgeführt werden könnte.

Spinat. Im März bis April in 4 Reihen auf gut gedüngte Beete gesäet und öfters mit verdünnter Jauche begossen, liefert der Spinat ein frühes gutes Gemüse. Im August gemachte Saaten geben ein solches für den Winter.

Salat. Theils als Sommer-, theils als Wintersalat cultiviert. Aussaaten im freien Land oder Mistbeet vom zeitigsten Frühjahr bis zum Spätsommer in dreiwöchentlichen Zwischenräumen, um so den ganzen Sommer hindurch Salat genießen zu können. Die Aussaat im August und September gibt Pflanzen für den Wintersalat, welchen man im October pflanzt und im nächsten Frühjahr zum Genuß schneidet. Die Anpflanzung geschieht ziemlich eng und meistens mit anderen Gemüsepflanzen, namentlich Gurken und Kohlrabi.

Endivien. Die Endivien folgen auf die Gartensalaternte. Im Mai werden die Sommerendivien, Ende Juni die für den Winter gesäet. Die Behandlung ist dieselbe wie die des Kopfsalates. 14 Tage vor dem Verbrauch bindet man die Blätter oben leicht zusammen, damit diese bleichen und zart werden. (Fig. 39).

Fig. 39. Endivien.

Winterendivien werden vor Frosteintritt ausgenommen und, nachdem die Erde von den Wurzeln geschüttelt, im Keller in Sand eingeschlagen.

Zwiebel. Die Zwiebeln können auf dreierlei Weise gezogen werden.

1. Man säet im Februar, am besten von der Frankfurter Pflanzzwiebel, den Samen ins Mistbeet und bringt dann Ende April die Pflanzen in 6 Reihen, auf nicht frisch gedüngte Beete in 15 cm Entfernung.

2. Man säet Ende März den Samen dünn breitwürfig auf freie ungedüngte Beete. Beginnen im Herbste die Spitzen der Blätter zu gelben, so nimmt man die Zwiebeln aus der Erde, trocknet sie an einem luftigen Orte ab und bewahrt sie in frostfreien Raume auf. Die so gezogenen Zwiebeln liefern allerdings nur zum Theil größere Exemplare; die kleinern können im nächsten Jahre als Steckzwiebeln, wie unter 3 folgt, benutzt werden.

3. Man säet wie bei 2. auf freie Beete, aber viel dichter, erntet ebenfalls, wenn die Spitzen zu gelben anfangen, und hebt die abgetrockneten kleinen Zwiebeln in der Nähe des Ofens auf. Ende März des nächsten Jahres steckt man dieselben, nachdem sie von den vertrockneten Schalen gereinigt, in 6 Reihen auf Beete 15 cm weit. Wird im Sommer der Hals der Zwiebel weich, so nimmt man sie aus der Erde, läßt sie trocken werden, putzt sie und hebt sie in frostfreiem Raume auf. Zu dieser Erziehungsweise eignet sich besonders die Zittauer Riesenzwiebel.

Lauch. Es gibt Sommer- und Winterlauch, letzterer ist am beliebtesten. Aussaat im zeitigen Frühjahr in ein Mistbeet oder in Ermanglung dessen in ein Kästchen. Anpflanzungen der Sämlinge bei gehöriger Ausbildung auf Beete 20 bis 30 cm voneinander. Um ihn auch im Winter zu jeder Zeit genießen zu können, nimmt man einen Theil im Herbst heraus und schlägt ihn im Keller ein. Zur Samenzucht bleiben die vollkommensten stehen. Keimfähigkeit des Samens 3 Jahre.

Hülsenfrüchte. a) Bohnen. Die Stangenbohne verlangt guten, lockeren, nicht frisch gedüngten Boden und wird an Stangen gezogen, die man in 2 Reihen 60 cm voneinander entfernt auf sonnige Beete stellt. Man legt Mitte Mai ziemlich nahe um die Stangen, welche im Verband 45 cm voneinander entfernt eingesteckt werden, in kreisförmige Vertiefungen je 4 bis 6 Bohnen so, dass die Keimnarben nach unten zu liegen kommen. Um den Stangen Halt gegen Wind und Sturm zu geben, bindet man entweder je 3 mit den Spitzen zusammen oder neigt beide Reihen so gegeneinander, dass sie sich kreuzen, und bindet dann oberhalb der Kreuzung jede Stange einzeln an eine wagerecht durch die Reihen hindurch geschobene Stange fest. Sind die Pflanzen aufgegangen und beginnen sie zu ranken, so müssen sie behackt und angehäufelt werden. Unter vielen Sorten sind die Schwert-, St. Goir- oder rheinische Schmalz-, die gelbe Wachs- und blauschottige Speck- oder Lucasbohne zu empfehlen.

Die Zwerg- oder Buschbohne wird schon Ende April in drei Reihen 15 cm weit in seichte Gräben gelegt, angedrückt und mit Erde bedeckt. Gegen Nachtfröste schützt man sie am besten, wenn man leichte Dielen winkelig (rinnenförmig) zusammennagelt und die Bohnenpflanzen nachts damit bedeckt. Flageolet-, bunte Speck- und bunte Adlerbohne, sowie Mont d'or sind empfehlenswerte Sorten.

b) Erbsen. Sowohl Zucker- als Kneifelerbsen können frisch gedüngten Boden nicht vertragen. Man legt anfangs März die Samen in zwei Reihen 5 cm tief auf Beete. Nachdem sie aufgegangen, werden sie behackt, behäufelt und zum Aufranken mit Buchen- und Fichtenreisern bedeckt. Gewöhnlich macht man alle drei Wochen eine Aussaat, um während des ganzen Sommers grüne Erbsen zu haben. Als Zuckererbse empfiehlt sich die Englische, weißblühende; als Kneifelerbsen sind die frühe Maierbse, Prinz Albert, Daniel O'Rourke, Laxtone's prolific und Ruhm von Cassel empfehlenswert.

Küchenkräuter. Petersilie. Dieselbe wird breitwürfig oder auch in Reihen gesäet, und zwar gewöhnlich im März, doch kann man schon im September für den Gebrauch im nächsten Jahre säen, muß aber dann das Beet leicht mit Erde überwerfen und diese andrücken, um die durch den Frost gehobenen Wurzeln wieder zu decken.

Schnittlauch, Sauerampfer, Thymian, Salbei, Estragon sind ausdauernd und brauchen keine besondere Pflege; letzterer muß öfters umgepflanzt und gut gedüngt werden.

Kerbel, Dill, Bohnen- und Gurkenkraut säen sich gewöhnlich selbst aus, wo sie einmal gestanden haben.

Majoran muß jedes Jahr durch Samen, den man am besten im Mist- oder im kalten Beete aussäet, frisch gezogen werden.

V. Blumenzucht.

Nachstehend wollen wir einige Blumengewächse namhaft machen, die sich besonders für den Hausgarten eignen. Möge ihnen eine freundliche Aufnahme und eine gute Pflege zutheil werden, sie lohnen es durch reichlichen Flor zu um so größerer Zier des Ganzen.

Einjährige. Reseda. Diese Pflanze hat sich wegen des herrlichen Geruches ihrer Blumen viele Freunde erworben, auch ihre überaus leichte Cultur macht sie für den Hausgarten empfehlenswert. Man säet den Samen vom zeitlichsten Frühjahr bis zum Sommer in Zwischenräumen von drei zu drei Wochen sogleich an Ort und Stelle.

Aster. Die Blumen sind weiß, hellroth, dunkelroth, blau oder weiß mit roth und weiß mit blau und blühen vom Ende des Sommers bis zum spätesten Herbst. Will man sie frühzeitig zur Blüte haben, säet man sie in kleine, mit leichter sandiger Erde gefüllte Samennäpfe, die sich leicht ans Fenster stellen lassen. Spätere Aussaaten, anfangs Mai ins freie Land, geben den Herbstflor. Auf den Beeten pflanze man sie in einer Entfernung von 20 bis 25 cm.

Flammenblume. Die zahlreichen Spielarten mit weißen, hellrothen, rothen und rothweißen Blumen sind eine wirkliche Zierde des Gartens, namentlich in warmen und nicht zu trockenen Sommern blühen sie ununterbrochen. Die Aussaat geschieht im März und April in lauwarme Mistbeete oder in Samenschalen.

Dreifarbige Winde. Die dreifarbigen Blumen sind blau, weiß und hellgelb, auch kommen Spielarten mit violetten Blumen vor. Man säet den Samen im zeitigen Frühjahr sogleich an Ort und Stelle und verdünnt die etwa zu dicht aufgegangene Saat.

Gipskraut. Ihre kleinen, weißen Blumen, sowie die feinen Zweige stehen so dicht, daß sie gleichsam einen Schleier bilden, daher ihr Name. Aussaat im zeitlichen Frühjahr sogleich an Ort und Stelle.

Kapuzinerkresse. Von dieser Pflanze kommen zahlreiche Varietäten vor, von denen die ersten entweder zwergartig bleiben oder rankend werden. Die letzteren sind buschig und ihre Stengel kriechen mehr auf dem Boden. Aussaat im späteren Frühjahr sogleich an Ort und Stelle.

Stiefmütterchen. Diese Pflanze ist zweijährig, zuweilen bleiben die Pflanzen mehrere Jahre lebend; doch nur bei einjähriger Cultur erhält man den schönsten Flor. Die gebräuchlichste Vermehrung ist die durch Aussaaten, die man auch bei dieser Pflanze zu verschiedenen Zeiten machen kann. Die erste, zugleich Hauptsaat, geschieht im August und September ins freie Land; sie gibt die Pflanzen für den Frühlingsflor. Ueber Winter bedeckt man die Beete mit einer dünnen Schicht Laubstreu, die aber im zeitigen Frühjahr, um Fäulnis zu verhüten, alsbald entfernt werden muss. Eine zweite Aussaat kann auf gleiche Weise in März und April geschehen.

Mehrjährige. Rose. Als Königin der Blumen könnte man sich einen Garten ohne sie nicht denken. Im allgemeinen liebt die Rose einen etwas schweren, feuchten Boden. Man cultiviert sie entweder als Hochstamm und Halbhochstamm oder als wurzelechten Strauch. Erstere sind veredelt auf Wildstämme der gemeinen Hundsrose, während letztere, durch Stecklinge erzogen, nur niedrige Sträucher bilden. Vor Eintritt des Winters werden sie nach Maßgabe des erfahrungsmäßig gelinden oder strengen Winters bedeckt. Am besten halten sie sich, wenn man Stamm und Krone unbedingt und ganz mit Erde bedeckt. Von der großen Anzahl von Rosensorten ist die Wahl schwer, doch seien einige besonders hervorgehoben, um dadurch den Blumenfreund die Auswahl einigermaßen zu erleichtern.

1. Weißblau: Souvenir de la Malmaison, Boule de neige;
2. Rosablau: La Reine, la France;
3. Rothblau: Général Jaqueminot, Pius IX.;
4. Dunkelrothblau: Lord Raglan, Duc de Rohan;
5. Gelbblau: Maréchal Niel, Gloire de Dijon.

Nelke. Eine allgemein wegen der Schönheit und des Duftes der Blumen geschätzte Pflanze, von welcher eine Menge Spielarten vorkommen. Man vermehrt sie durch Samen und Absenker, seltener durch Stecklinge. Die Zeit der Aussaat in Töpfe, Kästchen ist April bis Mai. Die Nelkensenker macht man unmittelbar nach der Blüte, weil nun die Zweige durch ihre größere Reife dazu geeigneter geworden sind, man biegt sie hiebei etwas herunter, macht zwischen zwei Knoten einen Einschnitt und befestigt mit einem kleinen Haken den niedergebogenen, mit guter, lockerer Erde zu bedeckenden Zweigtheil.

Von den Zwiebelgewächsen wären noch zu nennen:

Hyazinthe, Tulpe, Schneeglöckchen, Crocus und das Märzglöckchen. Die Zwiebeln dieser Pflanzen verpflanzt man in der Regel jährlich. Die Zwiebeln legt man im Spätherbst auf gut gegrabenes, mit etwas Compost gedüngtes Land, bedeckt sie über dem Winter mit einer leichten Streudecke. Im Frühjahr entfernt man die Decke und lockert den Boden auf. Im Herbste stirbt das Kraut ab, und sie werden nun herausgenommen und bis zum Wiedereinlegen trocken und rein aufbewahrt.

Aurikel. Sie gedeihen besonders gut in einem nicht zu leichten Boden, den Samen säet man vom März bis Juli in besondere, schattig liegende Beete und bedeckt ihn nur sehr wenig mit feiner Erde. Stärkere Aurikelstöcke können durch Theilung gegen Ende des Sommers vermehrt werden.

Gartenvergissmeinnicht. Ein zarter Frühlingsbote mit himmelblauen Blumen, die schon im März die Ankunft des Frühlings verkünden. Etwas schwerer Boden und etwas schattige Lage sind ihm am zusagendsten. Eignet sich vorzüglich zu Einfassungen.

Doppelsporn. Eine überaus schöne Pflanze mit in gebogenen Trauben herabhängenden halbrothen, herzförmigen Blumen. Sie blüht von Anfang Mai bis Ende Juni.

Veilchen. Im Garten, wo häufig Kinder weilen, dürfte das Symbol der Bescheidenheit nicht fehlen und schon als Frühlingsbote mit seinem köstlichen Dufte ist es uns doppelt willkommen. Mit Leichtigkeit lässt es sich durch Theilung vermehren.

VI. Nützliche Vögel des Hausgartens.

Von den gefiederten Bewohnern von Wald und Feld sind uns besonders wert:

Die Feldlerche, wegen ihres herrlichen Gesanges und wegen ihres Nutzens, den sie namentlich im Herbste durch Verzehren von vielen Unkrautsamen stiftet.

Fig. 40.

Die Nachtigall, einer der nützlichsten Vögel; sie nährt sich von kleinen Insecten, Raupen und Puppen.

Der Star. Wenn er auch ein großer Freund von Kirschen ist, so ist sein Nutzen gewiß größer, als der durch ihn verursachte Schaden. Die für ihn passenden Brutkästen müssen zu mehreren auf große Bäume aufzuhängen sein, da er die Gesellschaft liebt.

Der Gartenrothschwanz. Man gebe ihnen halb offene Meisenkästen, die in eine Höhe von 8 m aufgehängt werden.

Die Goldammer. Frißt die Larven und Maikäfer und anderes Ungeziefer.

Die Kohlmeise. Holt sie sich auch manchmal ein unvorsichtiges Bienchen, so ist ihr Nutzen doch bei weitem größer.

Die Hausschwalbe. Dem bekannten Hausfreund erleichtere man durch kleine Brettchen den Bau seiner Nester.

Das Rothkehlchen. Ebenfalls sehr nützlich.

Gartengrasmücke. Namentlich zur Zeit der Obstbaumblüte vertilgt sie die schädlichen Insecten von den Blüten und jungen Blättern.

Der Blattmönch. Gleich nützlich wie die Grasmücke.

Die weiße Bachstelze. Verlangt ähnliche Brutkästen wie die Stare, nur mit etwas kleinerem Flugloch.

VII. Schäden und Schädlinge im Obst-, Wein- und Gemüsebau.*)

Wie alle Culturpflanzen, so sind auch unsere Obstgehölze, Weinreben und Gemüse vielen Gefahren ausgesetzt. Sie gegen Krankheiten und Beschädigungen aller Art genügend zu schützen, ist ein sehr wichtiger Theil der Gartenpflege.

Die Wahl eines passenden Standortes, hinreichende Düngung, richtige Behandlung bei der Erziehung und Pflege 2c. werden wesentlich dazu beitragen, unsere Gartengewächse bis zu einem verhältnismäßig hohen Alter gesund zu erhalten. Jedoch können elementare Ereignisse — Frost, Schneedruck, Hagel, übermäßige Nässe oder Trockenheit, massenhaft auftretende schädliche Insecten 2c. Störungen verursachen, welche Krankheit, Siechthum und Absterben der Pflanze zur Folge haben, wenn wir nicht dem Uebel sofort, nachdem es in die Erscheinung getreten ist, abhelfen.

Aus nachstehender Skizze werden die Leser erkennen, wie Menschengeist auch auf diesem Gebiete nach Mitteln gesucht hat, den Gartenbau zu schützen und zu fördern. Die Mittel, auf die wir hier hinweisen, sind keine bloß theoretischen, sie sind praktisch ausführbar, und von denselben ist bereits erprobt, daß sie die betreffenden Feinde vertilgen oder doch wesentlich vermindern. Leider sind die Gartenbesitzer vielfach nicht darüber aufgeklärt und darauf hingewiesen worden, dort und da wird auch das erforderliche Verständnis und

---

*) Hiezu am Schlusse eine Tafel mit 35 Abbildungen.

die nöthige Energie fehlen; auch könnte in manchen Fällen durch eine zweckmäßige Initiative des Staates vielleicht noch mehr geleistet werden.

1. Im Obstbau.

Frostschäden geben sich in zwei Formen zu erkennen, nämlich einerseits als Frostplatten und andererseits als Frostrisse. Frostplatten zeigen sich meist als an der Südseite der Baumstämme vorkommende kranke Stellen der Rinde, ziemlich nahe der Erde, weil durch directes Auffallen der Sonnenstrahlen einerseits, sowie Reflectieren der Sonnenwärme andererseits, gerade diese Stelle kurz vor Untergang der Sonne an heiteren Spätwintertagen stark erwärmt wird, wodurch die Säfte zur Lösung gebracht und bei dem Gefrieren derselben in der darauffolgenden, gewöhnlich kalten Nacht die Rindengewebe zerrissen werden. Als Gegenschutz dient vielfach ein starker Pfahl, welcher zum Halt des Baumes auf der Südwestseite eingeschlagen wird. Zur Abhilfe bösartiger Folgen dieser Frostplatten dient sauberes Ausschneiden derselben im Frühjahre und Verstreichen der Wunden mit Baumwachs oder Baumsalbe, bestehend aus fettem Lehm und frischen Rindermist. Schröpfschnitte, welche von unten nach der Wunde hingeführt werden, fördern das Verheilen derselben. Die Frostrisse entstehen bei starker Kälte dadurch, daß sich die Rinden und äußeren Splintschichten durch die Wirkung des Frostes zusammenziehen, während die mehr nach innen gelegenen Splintschichten, besonders aber das Kernholz, dieser Bewegung soviel Widerstand entgegensetzen, daß ein Auseinanderreißen der Rinde und des Splintes die nothwendige Folge ist. Die Heilung dieser Frostrisse müssen wir der Natur überlassen, welche bei Eintritt wärmerer Witterung die Wiederausdehnung jener Gewebe und damit das Schließen der Spalte veranlaßt.

Der Schneedruck wirkt in derselben Weise gefährlich wie die Last der anhängenden Früchte. Solchen Gefahren beugen wir etwas vor, indem wir bei der Erziehung der Baumkronen darauf achten, daß die Hauptäste eine aufwärts strebende Wachsthumsrichtung erhalten und gehörig stark aufgebaut werden. Durch die von der Last hervorgerufene Biegung nach abwärts werden in den Astwinkeln kleine, anfangs ganz unscheinbare Risse erzeugt; in diese kann später das Schneewasser eindringen, beim Gefrieren werden die Gefäße zerrissen und bei Zutritt von Wärme im Sommer entsteht die Kernfäule. Durch rechtzeitiges Abschütteln des Schnees, durch Stützen der früchtetragenden Bäume, sowie durch pünktliches Verstreichen aller Wunden, kann diese, nur zu oft das Leben der Bäume untergrabende Stamm- oder Kernfäule verhütet werden.

Gegen Hagelschlag ist ebensowenig wie gegen Frostrisse ein Mittel anwendbar; die durch Hagel hervorgerufenen Wunden verheilen von selbst besser, als wenn sie ausgeschnitten werden.

Frost-Krebs. Häufig bei Kernobstbäumen vorkommend. Am Stamm und an den Aesten sind geschwürartige Wucherungen, entstanden durch fehlschlagende Heilung, die Zeichen der Krankheit. Man unterscheidet einen offenen oder brandigen und einen geschlossenen Krebs, dessen Ueberwallungsränder die Wunde in kurzer Zeit bis auf eine kleine Spalte schließen. Die Ursachen sind ungünstige Bodenverhältnisse, mangelhafte Pflege in jeder Beziehung, strenge Winter. Stark mit dieser Krankheit behaftete Bäume gehen bald ein. Ausschneiden der kranken Stellen und Ueberstreichen derselben mit Baumwachs sind zu empfehlen, wenn diese Mittel auch die Krankheit nicht heilen werden.

Der Schorf der Birnbäume und der Spitzenbrand der Apfelbäume geben durch ihr Vorhandensein zu erkennen, daß die betreffende Sorte für die klimatischen Verhältnisse ihres Standortes nicht passt, und sind deshalb durch Abwerfen der Aeste und Umpfropfen derselben mit einer widerstandsfähigen Sorte zu beseitigen.

Aeltere Bäume, welche in krankhafter Weise übermäßig viel Fruchtholz und auf den Biegungsstellen ihrer Aeste Wasserreiser, dagegen nur sehr wenig Laubholz entwickeln, leiden ohne Zweifel an Saftstockungen. Nicht die Wasserreiser — wie dies nur zu häufig geschieht — sondern vielmehr die nach abwärts hängenden und deshalb ungenügend ernährten vorderen Theile der Aeste müssen in solchen Fällen weggeschnitten werden. Solche Bäume sind während ihres ganzen Lebens vernachlässigt, insbesondere nie beschnitten worden; sie sind nicht selten auch mit Misteln (Viscum album) bewachsen und mit Flechten, Moosen, Rindenschorf 2c. bedeckt. Durch starkes Zurückschneiden der sämmtlichen Aeste dicht über den Wasserreisern oder über dem noch gesunden Laubholze, scharfes Ausschneiden des Holzes an der Entstehungsstelle der Mistel und Bestreichen dieser Stellen mit Theer, werden die Säfte concentriert und aus den Wasserreisern kräftige Holzzweige erzeugt, von welchen im nächsten Jahre der kräftige und bestgestellte zur Bildung des neuen Astes stehen gelassen, alle übrigen aber entfernt werden.

Das Reinigen von Moosen, Flechten und Rindenschorf muss selbstredend sofort geschehen.

Der Gummifluss. Bei Steinobstbäumen häufig. Eine braune, harzartige Masse tritt aus dem Holzkörper, namentlich an Wundstellen.

Alle Gewebe verfallen infolge Einwirkung eines Fermentes sehr leicht der Gummificierung. Besonders leicht aber stellt sich dieser Verflüssigungsprocess an Stellen mit zartem Gewebe ein. Solche Stellen werden nicht selten abnorm im Holzkörper gebildet, wo dann statt der dickwandigen, langgestreckten Holzzellen, kurze, parenchymatische, mit Stärke sich füllende Zellmassen entstehen. Hier beginnt der Verflüssigungsproceß und setzt sich langsam nach außen fort. Bäume, die von Spätfrösten gelitten haben, auf reichgedüngtem, kaltem Boden, pflegen besonders gern solche Zellmassen im Holzkörper zu zeigen.

Man vermeide daher möglichst, Steinobstbäumen größere Wunden zuzufügen; wo dies unumgänglich nothwendig, müssen dieselben bis zu ihrer vollständigen Verheilung mit Baumwachs oder Steinkohlentheer verstrichen werden.

Schwere Böden, hoher Grundwasserstand, eisenschüssige Streifen im Untergrunde, unzeitgemäßes Verpflanzen, zu tiefes Pflanzen begünstigen das Auftreten des Gummiflusses. Die bereits vorhandenen Gummiherde müssen während der Ruhezeit des Baumes bis auf das gesunde Gewebe ausgeschnitten und getheert oder mit einem harzartigen Baumwachs verstrichen werden.

Die Roste der Kernobstbäume. Vorzugsweise von Birnen, spärlicher im allgemeinen von Aepfeln, Mispeln, finden wir vom Juni bis August einzelne Bäume mit eigenthümlich verfärbten Blättern. Die Oberseite zeigt leuchtend gelbe bis hochrothe Flecken, in deren Mitte sich noch intensiver gefärbte Punkte erkennen lassen. Etwas später finden sich auf der Blattunterseite unterhalb der hochrothen Flecken einzelne, sich vermehrende Gruppen von Pusteln, von denen jede mit einem weißen Häutchen bedeckt ist. Die Häutchen bilden kegelförmige, bisweilen gekrümmte Kappen von oft mehreren Millimetern Länge. Die weißen, häutigen Kappen reißen, je nach der Obstart, auf der sie sich finden, in verschiedener Weise auf und lassen nun in der becherförmig geöffneten Pustel ein goldgelbes feines Pulver erkennen, das nach einigen Wochen größtentheils von den Blättern verstäubt ist. Die Stellen der Blätter oder Früchte, an denen dergleichen becherför=

mige Pusteln sich zeigen, sind fleischig angeschwollen und später vertrocknet. Sind viele solche Stellen nahe beieinander, so vertrocknet natürlich der ganze Pflanzentheil und damit wird der Schaden für den Züchter in die Augen springend.

Zu diesen Rosten auf den Kernobstgehölzen gehören noch andere Formen, welche gar nicht auf den Obstgehölzen gedeihen. Damit der Rost sich auf Birne, Apfel 2c. entwickeln kann, muss nothwendig erst eine Sporenform gebildet werden, die nur auf Nadelhölzern, und zwar fast ausschließlich auf Wachholder wächst und die als selbständiger Pilz unter dem Namen Wachholderrost (Gymnosporangium) früher von den Mykologen beschrieben worden war. Sie brechen im Frühjahre am älteren Holze des Wachholders als braune, korkartige Polster hervor und wandeln sich bei feuchter Witterung zu leuchtend gelben Gallertmassen um. Beim Keimen entwickeln die Wintersporen sehr feine Knospen, welche durch Wind, Insecten 2c. auf die jeder Wachholderrostart zusagenden Obstbäume übertragen werden. Der Wachholderzweig zeigt dann nur noch größere Narben mit aufgerissener Rinde. Auf den Obstgehölzen entstehen nun die anfangs erwähnten Pilzpolster mit ihren Sporenfrüchten. Die darin erzeugten Sporen veranlassen, wenn sie wieder auf Wachholder geweht werden, die Ausbildung des Wachholderrostes. Der Rost auf den Pomaceen wird durch drei Arten der Gattung Gymnosporangium hervorgerufen, welche als Birnen-, Aepfel- und Ebereschenrost zu unterscheiden sind.

Der Birnenrost, früher Roestelia cancellata genannt, kommt in seiner Becherform nur auf der Birne vor; seine Teleutosporen, die jetzt dem ganzen Pilze den Namen Gymnosporangium fuscum geben, entwickeln sich als stumpf-kegelförmige Gallertmassen auf Zweigen verschiedenen Alters von Juniperus Sabina, J. Oxycedrus, J. virginiana phoenicea, endlich aber auch auf einer Kiefer Pinus halepensis. Die Teleutosporen sind cylindrisch bis doppelt kegelförmig und dreimal so lang als breit. Die Spermogonien auf der Oberseite der Birnblätter bilden regelmäßige runde Flecken; die Spermatien sind eirund. Die Hülle (Peridie), welche das Roestelia-Becherchen umschließt, öffnet sich gitterförmig an den Seiten. Die Zellen, aus denen die Hülle zusammengesetzt ist, sind verholzte, oft nur noch luftführende, abortierte Sporen, die auf ihrer Innenseite eine vorspringende Leiste haben, mit der sie auf die nächsthöhere Zelle hinübergreifen.

Der **Apfelrost**, nach der Teleutosporenform Gymnosporangium clavariaeforme genannt, entwickelt diese nur auf dem gemeinen Wachholder (Juniperus communis). Die dazu gehörenden Becherformen kommen in zwei Varietäten vor, welche je nach der Unterlage auf der sie sich entwickeln, in Größe und Oeffnungsweise der Peridie voneinander abweichen. So lange diese Formen als besondere Pilze betrachtet wurden, führten sie den Namen Roestelia penicillata auf Apfel und Zwergmispel und Roestelia lacerata auf verschiedenen Arten von Crataegus. Bei Beiden bilden die Spermogonien unregelmäßige verschwimmende Flecken. Die Spermatien sind ellipsoidisch; die gerade Hülle der Becherform öffnet sich an der Spitze in gefranzten Streifen. Die Teleutosporen auf dem Wachholder sind keulenförmig oder cylindrisch und bisweilen ästig am Gipfel.

Gegen beide Arten von Rostpilzen hat sich dasselbe Mittel bewährt, nämlich das Vernichten der im weiteren Umkreise erkrankter Obstpflanzungen befindlichen Wachholderbüsche.

Die **Blattbräune der Birnenwildlinge** (Stigmatea Mespili). Sie zeigt sich in der Regel schon im Frühjahr bald nach der Entfaltung der Blätter, indem man an einzelnen Blättern äußerst feine, bei auffallendem Lichte stumpf carminrothe, bei durchfallendem Lichte leuchtend rothe Flecken zunächst auf der Oberseite, später auch auf der Unterseite wahrnimmt. Bei zunehmender Intensität der Krankheit vermehren sich die Flecken; das erkrankte Blatt wird endlich tiefbraun gefärbt; die Blattfläche krümmt sich nun etwas muldenförmig und fällt schließlich sammt dem Stiel ab. Im Winter sind in abgestorbenen Zellen der kranken Blätter neben lebendigen Sporenlagern die Anlagen zu Fruchtkapseln, welche im Mai zur Reife gelangen.

Neben dem starken Zurückschneiden der Spitzen ist das Herausnehmen der Wildlinge im Herbst, Copulieren und Einschlagen derselben für den Winter im Keller bis zum Auspflanzen, sowie wiederholtes Bespritzen mit Bordelaiser Brühe empfehlenswert.

Die Fleckenkrankheit der Birnenblätter (Septoria nigerina) zeigt sich als kreisrunde, dürre, bisweilen roth umrandete Flecken auf den grünen Blättern. Aus schwarzen, eingesenkten Kapseln treten in dunklen Ranken die fadenförmigen, gekrümmten, septierten, beiderseits stumpfen, durchscheinenden Spermatien. Die Scheidewände in diesen leicht keimenden Knospen sind häufig erst bei der Keimung recht deutlich, wo sich das Protoplasma manchmal aus dem Endfache in die den Keimschlauch entsendenden mittleren Fächer zurückzieht. Auf dieser Unkenntlichkeit der Scheidewände beruht auch ein wesentlicher Unterschied der auf der Quitte (Cydonia vulgaris) vorkommenden Form. Der Pilz greift auch die unreifen Früchte an. Der Pilz überwintert in Form von Kapselfrüchten mit Schlauchsporen.

Das erkrankte Laub ist im Sommer und Herbst zusammenzufegen und zu verbrennen. Auch das recht=

zeitige Bespritzen mit der Bordelaiser Brühe wird helfen.

Die Blattbräune der Kirschen (Gnomonia erythrostoma). Die Blätter vergilben schon im Sommer und werden später braun, fallen aber nicht ab, sondern bleiben über Winter hängen. Die vorzeitige Störung des Blattes läßt die Früchte spärlicher und schlechter sich ausbilden. Auf den abgestorbenen Blättern treten die Behälter mit Sporenschläuchen (Perithecien) auf und aus diesen werden die farblosen, einzelligen ellipsoidischen Schlauchsporen mit großer Kraft herausgespritzt. In sehr feuchter, geschlossener Luft sind die Schlauchsporen schon nach 2—3 Tagen keimend beobachtet worden; die Keimschläuche sah man, die Außenwand der Oberhautzellen des Kirschblattes durchbohrend, in das Innere eindringen und in den Intercellularräumen (Zellenzwischenräumen) sich zu einem kräftigen Mycel entwickeln.

Bei vorherrschend trockenem Wetter dürfte die Krankheit kaum nennenswerte Fortschritte machen. Für alle Fälle entferne man während des Winters alles an den Bäumen hängende Laub und äste die Kronen möglichst leicht aus.

Rothe Fleischflecke der Pflaumenblätter (Polystigma rubrum). Das vom Pilz befallene Pflaumenblatt hat glänzend rothgelbe, fleischige Flecken von rundlicher Gestalt. Auf der Unterseite des Blattes finden sich in diesen Flecken einige hochrothe Punkte. Diese ergeben sich als die Mündungen kleiner Becherchen, welche vollständig in das Gewebe des Blattes eingesenkt sind. Ihre Gestalt ist in der Regel kugelig, ihre Wandung hochroth und dick; ihr Inhalt besteht aus äußerst zarten, von der Wandung radial nach dem Mittelpunkt der Kammer verlaufenden Fäden, welche an ihrer Spitze schmale, oberwärts hakenförmig gekrümmte, nur etwa 0·03 mm lange Zellen abschnüren, die bei der Reife, in rothen Schleim eingebettet, massenhaft heraustreten. Die Behälter stellen Spermogonien mit ihren Spermatien dar.

Auf dieser Entwicklungsstufe bleibt der Pilz während der ganzen Vegetationszeit des Pflaumenblattes; erst nachdem dieses abgefallen und, auf dem Boden liegend, braun geworden, beginnt eine neue Phase. Im Laufe des Winters nämlich verschwinden meist die Spermogonien und an ihrer Stelle entstehen in dem gebräunten Pilzgewebe einfächerige Behälter, in deren Innerem sich jetzt Schläuche mit Sporen ausbilden. Die Sporen in den keulenförmigen Schläuchen sind blass, glatt und einfächerig; durch sie erfolgt im Frühjahr die Infection der neuen Pflaumenblätter, obgleich man die orangegelben Flecken erst im Sommer wahrnimmt.

Das erkrankte Laub ist im Sommer und Herbst zu verbrennen; eventuell bespritzt man die Bäume mit Bordelaiser Brühe.

Die Taschenbildung an den Pflaumenblättern (Exoascus pruni). Etwa zwei bis drei Wochen nach der Blüte sieht man den Fruchtknoten einzelner oder oft sehr zahlreicher Blüten gewaltig anschwellen; nach 6 bis 10 Tagen haben derartige Fruchtknoten bereits die Größe einer erwachsenen Pflaume, aber nicht deren sonstige Ausbildung erreicht. Das Fleisch derselben ist grün, krautartig und fade von Geschmack. Allmählich werden die meist flachgedrückten Früchte, in deren Innerem der Same nicht zur Ausbildung gelangt, mit einem mehligen Ueberzuge bekleidet; zuletzt erscheinen sie ockerfarbig bestäubt, welk und schwammig und fallen ab.

Das Mycel des Exoascus pruni zeigt sich zuerst in dem Weichbasttheil der Gefäßbündel, welche die äußere Schicht des jungen, durch den Schmarotzer zu abnormer Zellvermehrung und dadurch zu krankhafter Vergrößerung angeregten Fruchtknotens durchziehen.

Von diesen Gefäßbündelpartien aus verbreiten sich die Mycelfäden durch die ganze Gewebemasse, bis die Fäden dicht unter der Oberhaut der Tasche angelangt sind; dort treiben sie ziemlich gleichzeitig zahlreiche Aeste, welche sich zwischen den Zellen der Oberhaut hindurchdrängen und, nur noch gedeckt von dem zarten Korkhäutchen (cuticula) der Tasche, sich im dichten Geflecht auf der Oberseite der Zellen ausbreiten. In diesen oberflächlich verlaufenden Pilzzweigen erfolgt alsbald eine rasche Theilung in Zellen, die nicht viel länger als breit sind. Jede dieser Zellen stülpt sich nun senkrecht aufwärts zu einem keuligen Schlauche aus, der auch das letzte Hinderniß, die zarte Cuticula der Pflaumentasche durchbricht und somit frei in die Luft hineinragt.

In diesen pallisadenartig dicht aneinander gelagerten Schläuchen entstehen je acht kugelige Sporen, welche durch ihr massenhaftes Austreten der ganzen Tasche ein bepudertes Aussehen geben.

Nach dem Ausstäuben der Sporen wird die Tasche welk und fällt bald ab. Wahrscheinlich keimt ein Theil dieser sicherlich auch auf andere Bäume sich übertragenden Sporen bald nach seiner Reife auf dem Laube oder den jungen Zweigen und wächst in diese unbemerkt hinein; denn man kann das Mycel in dem Weichbasttheil der Gefäßbündel bei den jungen Zweigen bisweilen bis in das vorjährige Holz hinab verfolgen. Das einzige Mittel ist, die Zweige, an denen man Taschen wahrnimmt, zurückzuschneiden.

Die **Kräuselkrankheit der Kirsche** (Exoascus Wiesneri), und des Pfirsichbaumes (Exoascus deformans) verursachen Hexenbesen der Kirschbäume, nestartige Wucherungen mit kurzen, unten ziemlich verdickten Zweigen und rothe oder gelblich=grüne gekräuselte Blätter an den Kirschen und Pfirsichen. Bei frischer Ansiedlung des Pilzes wird ein Entfernen der befallenen Blätter genügen; wenn dagegen die perennierenden Theile des

Pilzes (das Mycel) schon im Zweige wachsen, kann nur ein Zurückschneiden bis auf das ältere Holz helfen.

Der Polsterschimmel der Pflaumen und anderer Früchte (Monilia fructigena.). Die Krankheit nimmt ihren Anfang alljährlich in der Blüteperiode der Kirschen und Pflaumen. Namentlich, wenn zu dieser Zeit längere Regenperioden eintreten, sieht man oft plötzlich die Blüten großentheils braun werden. Man findet zwischen den bereits abgestorbenen solche, bei denen nur der Griffel oder selbst nur der oberste Theil desselben gebräunt ist; daneben andere, bei denen auch bereits der Fruchtknoten in gleicher Weise verfärbt ist. In beiden Fällen sind oft die Blütenblätter noch ganz gesund und nicht gebräunt. Erst das weitere Krankheitsstadium, welches außer den genannten Theilen auch ein mehr oder weniger langes Stück des Blütenstieles abgetödtet erscheinen läßt, zeigt auch die Blumenblätter verfärbt und macht so die Krankheit auffällig.

Das Absterben der erkrankten Blüten schreitet durch den Stiel hinunter bis zur Anwachsstelle und alsdann in umgekehrter Richtung von unten nach oben durch den Blütenstiel hindurch fort. Der Pilz findet durch die Narbe der Kirschen- oder Pflaumenblüten hindurch einen Weg in die Zweige und greift auf alle Obstarten über.

Alljährlich, namentlich aber in nassen Jahren und Lagen, fallen bekanntlich eine Anzahl Früchte unserer Obstbäume schon auf dem Baume der Fäulnis anheim. In bei weitem der Mehrzahl dieser Fälle ist daran ein Pilz schuld, der von der Monilia fructigena der Kirsche und Pflaume nicht unterscheidbar ist, aber nicht identisch zu sein braucht. Er ist wohl jedem Praktiker als der sogenannte „Polsterschimmel" oder „Grind" unseres Obstes bekannt und zeigt sich in Form grauer Polster, die häufig in concentrischen, um einen Punkt herum verlaufenden Ringen auf den todten Fruchttheilen auftreten.

Die Fruchtmumien und die todten Blütenbüschel und Aeste sind zu entfernen.

Schorf der Aepfel und Birnen. (Fusicladium dendriticum und Fus. pyrinum). Die Knospen des Pilzes des Apfelbaumes, der auch im Sommer und Herbst auf den Blättern stumpf=schwarze, scharf umgrenzte, am Rande etwas strahlig auslaufende Flecken erzeugt (Fusicladium dendriticum), lösen sich bei der Reife leicht ab; sie sind in der Jugend farblos und etwa oval, später grünbraun oder dunkelbraun und rübenförmig oder birnen= bis keilförmig.

Das Fusicladium ist die Ursache zerstörender Vorgänge im Apfelfleische. Sind die Oberhautzellen voll= gestopft vom Pilzlager, so werden sie durch die weitere Vermehrung desselben auseinander gesprengt und ihre obere Hälfte rollt sich als weißer Rand zurück. Das nun freigelegte Stroma des Pilzes bekleidet sich ober= seits bald mit Conidien und damit wird die Stelle für das bloße Auge schwarz. Das unter diesem Pilzlager befindliche Zellgewebe des Apfels zeigt den Inhalt gelb bis braun gefärbt und klumpig zusammengezogen; auch die Wandungen der Zellen werden theilweise braun. So zeigen sich 3 bis 4 Reihen absterbender, zusammen= sinkender und erhärtender Zellen unter dem Pilzgewebe. Das die absterbenden Zellen tiefer nach innen begren= zende Gewebe des Apfelfleisches entwickelt eine ener= gischere Thätigkeit und bildet nun Korkzellen, welche die todte, mit dem Pilze behaftete Partie von dem leben= digen Gewebe abtrennen.

Wenn nun der Apfel bei seiner weiteren Ausbildung sich mehr und mehr ausdehnt, können die todten Ge= webepartien des Fleckens mit den darauf sitzenden schwarzen Pilzlagern sich nicht mitdehnen und lösen sich allmählich infolgedessen stückweise ab. Die unter dem abgesprungenen Gewebe befindliche Korkzone tritt dadurch zutage, und die Flecken erhalten jetzt das erstbeschriebene rauhe, hellbraune Aussehen des Korkes. Die Krankheit ist somit an diesen Stellen überwunden, wenn nicht der bei nassem Wetter nach Trockenheit eintretende Fall sich zeigt, daß die Korkbekleidung der Flecken durch das verhältnismäßig plötzliche starke Schwellen der Frucht reißt. Die tiefer in das gesunde Fleisch eindringenden Rißstellen kleiden sich mit neuem Kork aus auf Kosten des umgebenden Gewebes. Damit werden immer größere Partien der Frucht ungenießbar, und der Marktwert des Obstes sinkt bedeutend. In Jahren mit feuchten Sommern ist diese Calamität, wie jeder Obstzüchter weiß, eine allgemeine; in anderen Jahren zeigen sich nur einzelne Sorten stark befallen.

Aehnliche Erscheinungen treten auch bei einigen Birnensorten auf. Namentlich zeigen sich Winterbirnen und unter diesen solche, die vorher vom Honigthau gelitten, am meisten befallen. Manchmal ist mehr als ein Drittel der ganzen Frucht vom Fusicladium überzogen, das aber hier eine andere Art (Fus. pyrinum) darstellt.

Das Fusicladium pyrinum halten wir wegen seiner Beschränkung auf einzelne Sorten für weniger gefährlich an den Früchten. Es ist aber trotz seiner geringeren Ausbreitung auf den Früchten dennoch absolut viel schädlicher, als die auf den Aepfeln vorkommende Art. Der Birnenpilz vegetiert nicht nur auch auf den Blättern, sondern an bestimmten Sorten stark auf den einjährigen Zweigen, die er „schorfig" macht und nicht selten an den Spitzen zum Absterben bringt.

Feldmäuse (Arvicola arvalis) sind durch vergiftete Getreidekörner zu vertilgen; bei Obstaussaaten gegen Mäusefraß streue man Fichten- oder Tannennadeln unter die Samenkerne.

Der Maulwurf (Talpa europaea) ist hauptsächlich jungen Saaten durch sein Aufwühlen nachtheilig. Bei seinem feinen Geruch kann er übelriechende Dinge nicht vertragen und läßt sich durch den Geruch von Häringsköpfen und Petroleum (die Köpfe werden in seine Gänge gelegt) von den betreffenden Stellen abhalten. Will man ihn fangen, so legt man in seinen Gang eine circa 25 Centimeter lange und 6 Centimeter im Durchmesser haltende, mit an beiden Enden nach innen zu aufgehenden Klappen versehene Blechröhre. Der Maulwurf läuft in seinem Gang und kommt in die Röhre, die vordere Klappe fällt hinter ihm zu, während die am anderen Ende befindliche sich nicht öffnet.

Die **Maulwurfsgrille** (Gryllotalpa vulgaris). Werre oder Saatwurm. Man gieße mit Wasser verdünntes Petroleum in die Löcher, wodurch sie hervorgelockt wird und dann bald an der Luft stirbt. Außer diesem Mittel kann man Töpfe mit Wasser in die Erde graben, in welche sie in der Nacht fallen.

Die **Wespen** (Vespa vulgaris) nähren sich von süßem Obst, Trauben ꝛc. Die Nester werden in Erdlöchern, hohlen Bäumen oder zwischen den Zweigen der Bäume angelegt. Die sehr zu empfehlende Zerstörung der Wespennester erfolgt am besten nachts, unter gehöriger Verwahrung gegen den Stich, durch Verbrennen der freihängenden, Ausschwefeln der in hohlen Bäumen oder Erdlöchern befindlichen; letztere können auch mit einem Gemisch von Wasser und Petroleum ausgegossen werden.

Engerlinge (Melolonta vulgaris). Fleißiges Vertilgen der Maikäfer und der Engerlinge selbst sind wohl die besten Gegenmittel.

Die **Blattläuse** (Aphis) schaden durch das Aufsaugen des Saftes aus den Blättern, infolgedessen sich diese krümmen und das Wachsthum der Triebe erheblich gestört wird; Tabakabsud, wiederholtes Eintauchen der jungen Triebe in eine Lösung von einem Theil Quassiaspänen und einem Theil grüner Seife sind bewährte Mittel.

Schildläuse (Cocus persicae auf Pfirsichbäumen und Cocus conchalformis auf Apfelbäumen). Zu ihrer

Bekämpfung ist ein Anstrich der Stämme mit frischgelöschtem Kalk, dem man Holzasche und Rindsblut beigemischt, zu empfehlen.

Die San José=Schildlaus (Aspidiotus perniciosus) zerstörte anfänglich die californischen Obstanpflanzungen, tauchte dann plötzlich in den östlichen Gebieten auf und bedroht nunmehr auch Europa. Es ist die Pflicht eines jeden Gartenbesitzers, sich gegen eine Invasion des Insectes besonders zu schützen, weil es nicht eine Pflanzengattung allein angreift, sondern an den verschiedenen Obst= und Laubbäumen sein Fortkommen findet und auf den Stämmen und Zweigen sich ebenso ausbreitet, wie auf den Früchten, welche dadurch ungenießbar werden.

Die San José=Laus verbringt den Winter unter dem Schutze ihres Schildes auf den Pflanzen im fast völlig entwickelten Zustande. Die Weibchen sind Ende April oder Anfangs Mai ganz entwickelt und bringen alsbald lebende Junge zur Welt. Dies setzen sie etwa sechs Wochen lang fort, um dann zugrunde zu gehen. Die Jungen, welche sich ebenso rasch weiter vermehren, sind von gelblicher Farbe und anfangs unter dem Schutze der sie deckenden Mutterlaus. Sie setzen sich schon in kurzer Zeit fest, saugen sich an, beginnen eine Wachsschicht abzusondern, häuten sich und bilden sich einen Schild.

Die Weibchen haben mit dem linsenförmigen Schilde etwa 1·5 mm Durchmesser. Das Schild ist grau, in der Mitte gebuckelt und hier röthlichgelb. Die Männchen, welche im Frühjahre schon etwas früher wie die Weibchen erscheinen, besitzen ebenfalls einen Schild, der aber kleiner und dunkel gebuckelt ist; sie können denselben verlassen und sich mittelst ihrer beiden Flügel auf kurze Strecken fortbewegen, sie sind orangegelb und mehr oval geformt. So lange die Läuse nur vereinzelt auftreten, kann man sie nur schwer sehen. Sie sitzen in ganzen Colonien dicht aneinander gedrängt beisammen und erscheinen dann als grauschuppiger Ueberzug auf der Rinde. Sie bringen durch ihr Saugen Zweige und Bäume zum Absterben. Ihre Verbreitung erfolgt local durch den Wind, verwehte Blätter ꝛc., auf weitere Entfernungen durch Verschleppen von Pflanzen und Pflanzentheilen.

Wir wollen darauf aufmerksam machen, daß die San José-Schildlaus gleichsam einen Doppelgänger hat, und zwar in der austernförmigen Schildlaus, Aspidiotus ostreaeformis, die bei geringer Vergrößerung der echten Aspidiotus perniciosus zum Verwechseln ähnlich ist. Eine sichere Unterscheidung ermöglicht erst eine etwa 300malige mikroskopische Vergrößerung. Und zwar ist es die charakteristische Ausbildung der Lappen, Haare und Stacheln an dem letzten Hinterleibssegmente, durch welche die echte San José-Laus von verwandten Arten unterschieden werden kann.

Die von der San José-Schildlaus befallenen Zweige und Aeste werden bis auf die vollkommen gesunden Stellen zurückgeschnitten und verbrannt. Als ein sicheres Mittel, die rasche Vermehrung dieses Schädlings hintanzuhalten, ist eine Steinöl- oder Cerosin-Emulsion (Petroleum 8·9 L., Walölseife 0·23 kg. Wasser 4·45 L.). Diese rahmartige Flüssigkeit wird mit neun Theilen Wasser verdünnt und mit kurzen, hartborstigen Bürsten aufgetragen. Nach dem Laubabfalle werden Waschungen mit gesättigten Lösungen von roher Soda angewendet. Diese löst die Schilder und tödtet die ihres Schutzes beraubten Thiere.

Blutlaus (Schizoneura lanigera), 1·5 mm, violettbraun, die Jungen röthlichgelb, Fühler sechsgliederig, Saugschnabel sehr lang. Sie enthält viel rothen Farbstoff, so daß sie beim Zerdrücken einen rothen Fleck hinterläßt, daher der Name. Aus zahlreichen Drüsen, über den größten Theil ihrer Oberfläche vertheilt, scheidet sie lange weiße Wollfäden ab, so daß ihre Colonien als große weiße Flocken erscheinen, unter welchen, überdies bedeckt mit ihren Koth und abgestreiften Bälgen, die Läuse dicht beisammen sitzen. Sie lebt fast ausschließlich auf dem Apfelbaume, und zwar nie an den Blättern, sondern am jungen Holze, daselbst wunde Stellen und krebsige Auswüchse erzeugend, und an schadhaften Stellen der älteren Aeste und Zweige.

Die geflügelten Ammen treten gegen den Herbst hin auf, und bringen zweierlei Junge zur Welt, kleinere, grünliche Männchen und größere, gelbe Weibchen, beide mit verkümmerten Schnabel, und im ganzen nur fünf bis sieben. Jedes Weibchen legt ein einziges Ei in eine Wundstelle des Wurzelhalses des Stammes oder der starken Aeste; die aus diesen Eiern hervorgehenden Larven überwintern und bevölkern, sich zu Ammen entwickelnd, im nächsten Jahre den Baum aufs neue durch ihre Nachkommenschaft.

Bei massenhaftem Auftreten und Vernachlässigung richtet die Blutlaus die Aepfelbäume völlig zugrunde.

Man beziehe junge Bäume nur aus sicher blutlausfreien Gegenden und Baumschulen.

Bekämpft werden die Blutläuse dadurch, dass man im Spätherbst oder Winter eine Schicht Erde im Umkreise von 1 m um den Stamm wegnimmt, dahin eine Schicht circa 8 cm gelöschtem oder an der Luft zerfallenem gebrannten Kalk bringt und wieder Erde darüber deckt.

Im zweiten Frühling pinselt man alle Wundstellen am Wurzelhals, Stamm und an starken Aesten der vorerst befallenen Bäume und der benachbarten Apfelbäume mit 3% Sapocarbol oder mit 1% Lysol, schneidet hierauf die rauhen Wunden glatt aus und pinselt sie nochmals. Später an belaubten Bäumen verwendet man 1% Sapocarbol oder $\frac{1}{4}$% Lysol.

Die Kirschfliege (Spilographa cerasi) ist eine Bodenfliege von ungefähr $3\frac{1}{2}$ bis 5 mm Länge; in der

Grundfarbe glänzend schwarz, sonst gelb gefärbt; die Fühler sind dreigliedrig. Sie fliegt vom Mai, manchmal bis in den Juli hinein, legt Ende Mai ihre Eier in die Kirschen, aus denen sich bald die sogenannte „Kirschmade" entwickelt, die von der Röthezeit der Kirsche ab bis zur völligen Reife in und von der Frucht sich ernährt, hiernach sich herausbohrt und in der Erde sich verpuppt, um so ihren verderblichen Kreislauf von neuem, sowie auch auf anderen Pflanzen fortzusetzen. Diese madigen Früchte müssen vernichtet werden, desgleichen die nothreif abgefallenen. Um auch den Puppen zu Leibe zu kommen, grabe man im Frühjahr die Baumscheibe tief um oder begieße, wo ersteres wegen flacher Wurzeln nicht möglich ist, dieselbe mit concentrierter Jauche oder bestreue sie ziemlich dick **mit** gelöschtem Kalk.

Der kleine Frostspanner (Cheimatobia brumata) ist ein kleiner Schmetterling, welcher sowohl durch die Zeit, wo er erscheint, als auch durch die verschiedene Ausbildung seiner Männchen und Weibchen auffällt. Wenn man in der Zeit von Anfang October bis Mitte December abends in der Dämmerung durch den Garten geht, sieht man hie und da einen kleinen, gelbbraunen Schmetterling unstät umherflattern. Es ist das Männchen dieses Schädlings.

Das ungeflügelte Weibchen legt im October die grünlichen, später röthlichen Eier (300) an die Knospen oder in Baummoos. Im Frühjahr kriechen die hellgrünen Raupen aus, umspinnen die Baumknospen und fressen sie aus. Mitte Juni bis Mitte Juli verpuppen sie sich in der Erde und bleiben dort bis zum October. Wegen des durch die Raupen verursachten sehr beträchtlichen Schadens sind Gegenmittel ganz besonders anzuempfehlen. Tiefes Umgraben der Baumscheiben stört die Puppen in ihrer Entwicklung, Umbinden der Baumstämme mit 12 Centimeter breiten, **mit Theer** oder sogenanntem

Brumataleim bestrichenen Papierstreifen im October bis December hindert die Weibchen am Hinaufkriechen.

Der Apfelwickler und der Pflaumenwickler (Carpocapsa pomonana und Carpocapsa nigricana). Das Schmetterlingsweibchen legt seine Eier an die unreifen Aepfel, Birnen und unreifen Pflaumen. Die junge Raupe bohrt sich alsbald in die Frucht ein und richtet hier den allbekannten Schaden an; am häufigsten sind sie in warmen Sommern. Aus der Puppe kommt Ende Mai oder Anfang Juni der kleine 1 cm lange Falter, mit grau und dunkelbraun gemusterten und mit einem rothen Fleck versehenen Flügeln. Zur Bekämpfung nehme man das madige Obst vom Baume ab und halte namentlich die Bäume, an welchen sie sich einspinnen, vom Moos rein.

Der Ringelspinner, Ringelraupe (Gastropacha neustria). Der Schmetterling kommt im Juli vor. Er ist 18 mm lang, 36 mm breit, ockergelb bis röthlich, Vorderflügel mit einer dunklen, hell eingefaßten Querbinde. Die Weibchen legen um die dünnen Zweige der Obstbäume graubraune Eier ringförmig fest zusammen, so daß sie schwer zu finden sind. Im Frühjahre kriechen die Raupen in Unmengen aus und schaden ungemein durch Blätterfraß. Sie sind, außer einer weißen Rückenlinie, blau und gelbbraun längs gestreift. Die Verpuppung erfolgt auf den Bäumen, die Schmetterlinge fliegen nur nachts und sind bei Tage selten zu sehen. Die Bekämpfung besteht im Sammeln der Eiringe im zeitigen Frühjahr und Tödtung der in Haufen beisammensitzenden Raupen.

Der Apfelblütenstecher (Anthonomus pomorum), kurzweg Brenner genannt, ein 4 mm langer, brauner, rostrothbeiniger langschnabeliger Rüsselkäfer, sprengt schon in den ersten Tagen des Juni seine Hülle, durchbricht das Blütenhäuschen und fristet bis zum Herbst sein Leben auf den Blättern. Kommt der Winter, so sucht er sich seinen Schlupfwinkel unter der abgestorbenen Rinde.

Bei der Bekämpfung werden zwei Methoden angewendet: das Abklopfen der Käfer besonders vor und während der Eiablage und das Sammeln der Käfer in an den Baumstämmen angebrachten künstlichen Verstecken.

Der Baumweißling (Pieris crataegi) hat Flügel mit schwarzen Adern. Die Raupe ist weißlich behaart, hat auf dem Rücken drei schwarze und zwei braunrothe Längsstreifen; sie überwintert auf Obstbäumen in Gespinsten in Menge beisammen und weidet im Frühling Knospen und junge Blätter in sehr schädlicher Weise ab. Die Eier befinden sich in Haufen auf der Unterseite der Blätter. Vertilgungsmittel: Das Abschneiden und Verbrennen der Raupennester während des Winters.

Der Goldafter (Liparis chrysorrhoea) 16 mm lang, 4 cm breit, weiß, am Hinterleibsende ein Büschel rostrother Wolle. Die Raupe hat auf dem Rücken zwei zinnoberrothe Streifen; sie weidet Knospen, Blätter und Blüten ab. Die Eier werden auf der Unterseite der Blätter in länglichen, mit der Afterwolle bedeckten Häufchen gelegt; die Raupen überwintern gesellig in zusammengesponnenen Blättern. Die Vertilgung besteht in dem Abschneiden und Vernichten der Raupennester während des Winters oder zeitigen Frühlings.

2. Im Weinbau.

Das Gelbwerden der Reben hat gewöhnlich einen nassen Standort zur Ursache, weshalb es in solchen Weinbergen räthlich erscheint, Sickerstollen auszugraben.

Auch kann dasselbe leicht sich ereignen, wenn gleich nach dem Behacken starke Regengüsse vorkommen, oder auch wenn der Boden zu naß behackt worden ist. Ueberhaupt gelte bei der Weincultur der Grundsatz, daß man bei Nässe keine Arbeit im Weinberg vornehme.

Traubenkrankheit. (Oïdium Tuckeri). Ein weißlicher, schimmelartiger Ueberzug, Conidienträger, verbreitet sich über die noch unreifen Blätter, Trauben und Triebe des ganzen Weinstockes, denen er mittelst eigener Saugorgane (Haustorien) Nahrung entzieht, infolgedessen die Trauben hart bleiben und nicht ausreifen. Um diesen Pilz möglichst zu vernichten, bestreut man die Weinstöcke mit pulverisiertem Schwefel.

Falscher Mehlthau (Peronospora viticola) befällt alle grünen Theile der Rebe, bildet an der Unterseite der Blätter weiße Pilzrasen, auf der Oberseite derselben gelbliche, röthliche Flecken.

Die Schnelligkeit, mit welcher sich die Peronospora viticola über das Weingebiet ganzer Länder verbreitet, sowie die besondere Art von Verheerungen, welche sie anrichtet, finden ihre im Grunde sehr einfache Erklärung in dem Wesen, d. h. der Entwicklungs= und Fortpflanzungsweise dieses Pilzes.

Das Mycelium derselben wuchert im Innern des Blattes und entsendet durch die Spaltöffnungen auf der untern Blattseite, büschelweise stehende Sporenträger, welche sich ziemlich regelmäßig verästeln und an der Spitze dieser Aeste eine Anzahl von Sporen (Conidien) hervorbringen. Diese sogenannten Sommersporen sind von eirunder Gestalt, dabei so winzig klein, daß sie nur unter sehr starker Vergrößerung beobachtet werden können. Sie werden bei dem leisesten Windhauch fortgeführt, gelangen so in der Nähe und in der Ferne auf andere Rebblätter, keimen bei feuchtwarmer Witterung (25 bis 30° C.) innerhalb einiger Stunden und dringen in das Innere des Blattes, wo die Bildung eines Myceliums und der fruchttragenden Organe von Neuem beginnt. Die Haustorien (Saugwarzen) des Mycelium durchbohren die Zellen und leeren deren Saft aus.

Die Entwicklungsweise, wie sie eben geschildert wurde, beginnt in der warmen Jahreszeit, bald früher, bald später, je nach der Höhe der Temperatur und der Feuchtigkeit der Luft. Ab und zu trifft man den Pilz schon Ende Mai und im Juni. Die Zeit seines eigentlichen, oft unglaublich raschen und allgemeinen Auftretens fällt jedoch in die Monate Juli und August, wo die Wärme in den Weinbergen die entsprechende Höhe (25 bis 30° C) erreicht.

Im Spätjahr entwickeln sich dann im Mycelium — also im Innern des Blattes zwischen den Pallisadenzellen des oberen Blattfleisches — infolge eines Befruchtungsvorganges, die lange Zeit übersehenen Wintersporen (Oosporen) oft zu mehr als 100 Stück auf ein Quadratmillimeter Blattfläche. Diese sind etwa doppelt so groß als die Sommersporen, dabei durch eine zweifache Haut so geschützt, daß sie, nach Verwesung der Blätter, mit welchen sie auf den Boden gelangen, den Winter überdauern und im folgenden Jahre die Art fortpflanzen.*)

Das Auftreten des Pilzes erkennt man durch das Vorhandensein von weißen, krümelig aussehenden Flecken an der Unterseite der Blätter, welche sich anfangs namentlich längs der Blattnerven hinziehen.**)

Bei den Rebsorten, deren Blätter beiderseits kahl sind, wie beim Sylvaner, Gutedel u. a. sind diese Flecken leicht sichtbar, wohingegen bei den Varietäten, wie Riesling, Traminer u. s. w., welche unterseits behaarte, wollige Blätter besitzen, einige Vorsicht bei dem ersten Beobachten gehört, um nicht irre geführt zu werden.

---

*) Auf Grund dieser Verhältnisse wurde von verschiedener Seite angerathen, die Blätter im Herbste zu sammeln und zu verbrennen. Der Rath scheint jedoch einen mehr theoretischen als praktischen Werth zu besitzen. Denn ohne ganz allgemeine Durchführung dieser Maßregel kann man sich von derselben keinen Erfolg versprechen.
**) Der Pilz befällt auch die Beeren, überhaupt alle grünen Theile doch schmarotzt er hauptsächlich auf den Blättern.

Doch wird man sich bereits nach wenigen Tagen, durch das Umsichgreifen des Pilzräschen, Gewißheit verschaffen, ob man es mit der Peronospora zu thun hat oder nicht. Das Blatt wird in kurzer Zeit an den befallenen Stellen braun; es vertrocknet, schrumpft zusammen und fällt ab. Dabei bilden sich an der oberen Seite des Blattes kleine höckerigen oder nierenförmigen Erhebungen, wie diese durch die bekannte Wucherung (oder das sogenannte Erineum) der Blattmilbe*) (Phytoptus vitis oder Phytocoptes epidermi) hervorgerufen wird.

Die Schädlichkeit des Pilzes besteht nun darin, daß er durch die Haustorien seines Wurzelgeflechtes die Blattzellen aussaugt und zum Absterben bringt, dann aber in seiner außerordentlich raschen Ausbreitungsfähigkeit.

Die Rebkrankheit wird durch öfteres Bespritzen mit flüssiger Mischung von Kupfervitriol (auf 100 l Wasser 1 bis 2 kg Kupfervitriol) bekämpft.

Der schwarze Brenner, Pocken des Weinstockes, Anthracnose, „Charbon" oder das „Pech" (Gleosporium ampelophagum Sphaceloma ampelinum). Dieser schwarze Brenner darf nicht mit dem durch die starke Einwirkung der Sonne bedingten „rothen Brenner" oder „Seng" verwechselt werden. Die Krankheit ergreift sowohl die Blätter, als auch die Ranken, Fruchtstiele und Trauben; sie charakterisiert sich durch braune, bald schwarzwerdende, etwas vertiefte und mit einem wulstig erhobenen Rande versehene Flecken an den grünen Theilen. Die Flecken vertrocknen später und, falls sie zahlreich waren, mit ihnen der ganze befallene Pflanzentheil. Dann erscheinen oft,

---

*) Die von der Blattmilbe beschädigten Blätter werden schon im Frühjahre vom Stocke abgenommen und vernichtet, oder auch bei Stöcken, die jährlich viel von der Blattmilbe zu leiden haben, ein kurzer Zapfenschnitt vorgenommen, wodurch die Brut vielfach vertilgt wird, indem diese sich meist bei den oberen Augen der Fruchtruthen ansetzt.

namentlich an feuchten Orten, kleine weiße Pünktchen auf den Flecken. Die jüngsten Zustände lassen in der Oberhaut einen kleinen Pilz erkennen, dessen Fäden zuerst in der dicken Außenwand der Epidermiszellen sich verbreiten und später erst ihre Verzweigungen auf die Oberfläche senden, wo dieselben dichte Knäuel bilden und kurze, sich senkrecht von der Oberfläche erhebende Aestchen zeigen, deren Spitzen länglich cylindrische Sporen (Knospen) abgliedern. Auch in diesem Knospen bildenden Zustande ist der Pilz so klein, daß man ihn selbst mit der Lupe noch nicht erkennen kann. Die Knospen sind mit einer in Wasser zerfließenden, im trockenen Zustande erhärtenden Außenschicht versehen, durch welche sie an trockenen Gegenständen festkleben, in einem Wassertropfen aber sich mit Leichtigkeit vertheilen und mit diesem Tropfen sich weiter verbreiten können.

Die weichschaligen Sorten, wie Muskateller, Gutedel und Riesling leiden mehr, während weißer Burgunder, Ruländer, Augustclevener, Traminer, Malingre und Früher Wälscher widerstandsfähiger zu sein scheinen. Der Schwarzbrenner wird durch feuchte Lage, starke Stickstoffdüngung und niedrige Bogenzucht besonders befördert. Die Erhaltung des Pilzes während der Winterzeit wird namentlich begünstigt durch die unter den im Sommer entstandenen Wundflächen stattfindende Stylosporenbildung in eingesenkten Pycniden.

Bekämpft wird er durch Anpflanzung widerstandsfähiger Sorten, Schneiden der ergriffenen Reben im Herbst und Verbrennen des abgeschnittenen Holzes, sowie Anwendung einer 4 bis 6% Bordelaiser Mischung.

Der schwarze Brenner (Cladosporium Roesleri), besonders in Niederösterreich auf den Gutedelsorten. Im August und September entstehen auf der Unterseite der Weinblätter und an den Beerenstielchen unregelmäßig zerstreute, kleine, später nur wenig sich vergrößernde Rasen von hellolivenbräunlicher Färbung.

Die Zahl dieser Räschen wächst zusehends, ebenso werden sie dunkler; trotzdem ist auf der Blattoberfläche noch nichts zu sehen, was die Anwesenheit eines Pilzes vermuthen läßt. Erst nach einigen Wochen, nachdem die Räschen eine dunkle Olivenfarbe angenommen, bemerkt man auch oberseits gelbe, bald braun werdende Flecken, welche mit der fortschreitenden Entwicklung des Pilzes immer mehr zunehmen und bald den größten Theil des Blattes umfassen. In die Beeren dringt das Mycelium des Pilzes von den Stielchen aus ein und wuchert in denselben hauptsächlich in den die Gefäßbündel umgebenden Partieen des Fruchtfleisches. Die Beeren färben sich pflaumenblau, schrumpfen und fallen ab. Mitte October sind die Pilzrasen fast schwarz geworden, und das Blatt zeigt auf seiner Oberfläche zwischen großen, gelben eine ziemliche Anzahl dunkelkastanienbrauner Flecken. In diesem letztem Stadium ist jedoch vom Pilze selbst nicht mehr viel zu sehen; seine Vegetationszeit ist vorüber. — Die schwarzen Räschen erscheinen unter dem Mikroskop zusammengesetzt aus kurzen, meist ungetheilten Fäden, die septiert, äußerlich glatt und von hellbrauner Farbe sind und an ihrer Spitze zahlreiche lange, cylindrische, an beiden Enden etwas verschmälerte und abgerundete, ungetheilte oder mit 1 bis 2 Querwänden versehene Knospen von 0·040 bis 0·044 mm Länge und 0·006 bis 0·008 mm Dicke abschnüren. Senkrecht gezogene Reben widerstehen mehr dieser Krankheit.

Reblaus (Phylloxera vastatrix) ist eine Blattlaus und ist beinahe der größte Schädling der Weinberge, 0·8 mm (ungeflügelte), 1 mm (geflügelte), eiförmig hochgewölbt, gelb bis bräunlich, Fühler dreigliedrig, Füße mit einer Kralle und zwei geknopsten Borsten. Ungeflügelte Ammen bewohnen massenhaft die Wurzeln des Weinstockes; sie saugen daran mittelst ihres eingesenkten langen Schnabels und legen ohne

Begatiung je 30 bis 40 Eier, aus welchen ihresgleichen hervorgehen. Im Winter ziehen sich die letzten Generationen dieser Art tiefer in die Erde und mehr nach den Hauptwurzeln zurück, um im Frühling dieselbe Lebensweise aufzunehmen. Im Sommer erscheinen einzeln geflügelte Ammen, welche vor der letzten Häutung sich an die Oberfläche begeben, nach derselben wegfliegen und an Blattrippen auf der Unterseite von Weinblättern höchstens vier große Eier legen, und zwar größere, aus welchen Weibchen, und kleinere, aus welchen Männchen hervorgehen. Die Geschlechtsthiere von beiderlei Art sind ungeflügelt und haben verkümmerte Mundtheile; nach der Begattung legt jedes Weichen an einer Rebe unter abgelöste Rinde ein großes Winterei. Die im Frühling aus diesem hervorgehende Amme lebt in einer Galle auf einem jungen Blatt, oder sie oder ihre Nachkommen begeben sich wieder in die Erde.

Sie befällt die Rebwurzeln, an welchen sie unregelmäßig gewundene, wurstförmige Anschwellungen (Nodositäten, siehe Tafel) bildet, und die Rebblätter, an welchen sie Gallen hervorruft; sie vermehrt sich rasch, aus einer Reblaus entstehen im Laufe eines Jahres Milliarden von Rebläusen. Ein sicheres Kennzeichen für das Auftreten der Reblaus ist, daß die Reben in ihrem Wachsthume unerklärlich zurückgehen, die Blätter fahlgrün sind, vorzeitig gelb werden und zeitlich abfallen. Die Triebe werden schwächer und kürzer, die Tragbarkeit geringer, der Stock stirbt schließlich ab. **Die Reblaus zu bekämpfen, ist bis heute nicht gelungen.** Die Weincultur kann aber mit Hilfe widerstandsfähiger **amerikanischer** Reben, welche mit unseren edlen europäischen veredelt werden, fortgesetzt werden.

Der **Heuwurm** entsteht aus den Eiern eines Schmetterlings, einbindiger Traubenwickler (Conchylis ambiguella), der seine Eier in einer Anzahl von 20 bis 30 in die jungen, aus den Gescheinen sich entwickelten Trauben legt, wo solche sodann in der Gestalt von anfangs weißlichen, dann bräunlichen Würmchen, zum Auskriechen kommen. Die Maden wachsen sehr schnell heran und beginnen gleich ihr Zerstörungswerk, indem sie die jungen Traubenbeerchen umspinnen und anbeißen, welche sodann in der Blüte ersticken und abfallen. Naßkalte Witterung ist dem Heuwurm zur Entwicklung besonders günstig. Um hier einigermaßen Abhilfe zu schaffen, sind mit kleinen Zangen oder Nadeln diese Würmchen herauszunehmen und zu tödten.

Die Vorderflügel des Schmetterlings sind weiß, bräunlich oder braungelb, ein breiter, dunkelbrauner Streifen zieht sich quer durch die Mitte. Die Hinterflügel sind hellgrau oder weißlich und schwach geädert. Der Körper selbst ist gelb, $\frac{1}{2}$ Centimeter lang, und die größte Flügelspannung beträgt etwa 1 Centimeter oder 12 Millimeter. Da die nachtsschwärmenden Insecten gerne dem Lichte zufliegen, so hat man dieserhalb auch Versuche im Weinberge mit dem Aufstellen von Fackeln und Blendlaternen, welche mit klebriger Substanz bestrichen waren, gemacht und glückliche Resultate erzielt, indem man durch Verbrennen oder Einfangen dieses Schmetterlings eine wesentliche Zahl vertilgte.

Der Sauerwurm entsteht aus den Eiern des vorgenannten Schmetterlings, welcher, nachdem die Lärvchen der Würmer sich abermals entpuppt, wieder zum Ausfluge kommt und der seine Eier sodann wieder mit klebriger Substanz an die, inzwischen groß gewachsenen, noch vorhandenen Traubenbeerchen anheftet. Zur Zeit der Traubenreife kommen diese Würmer zum Auskriechen und bohren die Traubenbeeren an; es entsteht in den Traubenbeeren eine Gährung, welche das plötzliche nachfolgende Faulen meist der ganzen Traube, die sogenannte Rohfäule, hervorruft. Hiedurch kann wieder ein großer Theil der Traubenernte verloren gehen, und man hat sich vielfach selbst diesen Schaden bedingt, wenn man zur Sommerzeit diese Schmetterlinge nicht aufgefangen hat.

Da gewöhnlich die Ueberwinterungsstelle dieser Puppen in den Höhlungen der alten Stutzen und Auswüchse des Wurzelstockes zu suchen ist, so ist beim Beschneiden eine gründliche Entfernung derselben nöthig Diese Abfälle sind nicht im Weinberge zu belassen, sondern zu sammeln und zu verbrennen, da ja doch sonst leicht wieder eine Entpuppung dieser Schädlinge sich ereignen könnte.

Der Springwurmwickler (Tortrix Pilleriana), 7 mm lang, 18 mm breit, Vorderflügel ockergelb bis messinggelb mit zwei rostfarbenen Querbinden, Hinterflügel graubraun. Er fliegt im Juli und August; die plattgedrückten gelben Eier werden häufchenweise auf die Oberseite der Weinblätter gelegt; die jungen Raupen überwintern hinter loser Rinde der Reben, in den Ritzen der Weinpfähle u. s. w. und erscheinen im Frühling als Springwürmer auf dem jungen Laube, dasselbe zusammenspinnend, Blättchen, Knospen und Triebspitzen durch den Fraß zerstörend. Die Verpuppung erfolgt im Juni zwischen zusammengesponnenen Blättern. Zur Bekämpfung dient das Aufsuchen der Raupen im Winterlager oder auch zwischen den Blättern im Frühling, sowie der Eier auf den Blättern.

Der Rebstecher (Rhynchitis betuleti) ist ein kleiner, grüner, broncefarbiger Käfer, der oft an den anschwellenden Augen und zarten Gescheinen großen Schaden anrichtet, indem er selbe ansticht, die sodann verdorren oder verkümmern.

Man thut sehr gut, diesen Käfer mit Säckchen einzusammeln, was sehr leicht ist, da derselbe beim geringsten Anklopfen an den Stock sich zu Boden fallen läßt. Die unterzuhaltenden Säckchen spannt man am besten über einen Reifen aus.

Die Nester dieses Insectes sind auszuheben. Sie wickeln ihre Eier nämlich in die jungen Rebblätter ein, welche sie ähnlich einer Cigarre zusammenrollen. Man nimmt solche von den Stöcken ab, und verbrennt sie.

3. Im Gemüsebau.

Die Knotensucht der Kohlgewächse (Plasmodiophora Brassicae). An den Wurzeln aller Kohlarten zeigen sich kugelige bis spindelförmige Anschwellungen, welche sich bräunen und leicht faulen. Der Pilz lebt im Innern der Kohlpflanzen; die Sporen entstehen durch Theilung des Plasmodiums (nackte Protoplasmamassen) ohne Umhüllung. Die von dieser Krankheit befallenen Pflanzen werden entfernt und verbrannt, das Land für den Kohlbau wird gewechselt oder rigolt und mit ungelöschten Kalk bestreut.

Der Kohlweißling (Pieris brassicae) ist gelb; dessen grüne Raupe, mit kurzen Borstenhaaren und schwarzen Punkten über den Rücken, ist besonders den Kohlpflanzen sehr schädlich; im August oft eine zweite Brut dieses den Gemüsepflanzen höchst schädlichen Schmetterlings. Fleißiges Absammeln ist fast das einzige Gegenmittel.

Erdflöhe: (Haltica oleracea), (Kohlerdfloh), hat stark verdickte Hinterschenkel, welche den Käfer zu flohähnlichen Sprüngen befähigen. Olivengrün, etwas blauschillernd. Käfer und Larven durchlöchern die Blätter. Oefteres Bestreuen der Kohlpflanzen mit Tabakstaub und öfteres Bespritzen mit kaltem Wasser sind gute Gegenmittel.

Die Ackerschnecke (Limax agrestis), gräulich bis bräunlichweiß; alle möglichen Gartenpflanzen fallen, namentlich so lange sie jung und zart sind, ihrer Gefräßigkeit zum Opfer. Die Vertilgung ist einfach: Man treibt Enten ein, hegt Kröten, ködert sie mit Möhren- oder Kürbisschnitten und sammelt sie in Menge von diesen, oder man streut Streifen von ungelöschtem Kalk oder Dungsalz oder Eisenvitriol, gepulvert und mit Sand gemischt.